Here comes the three angels

3天使の3P!×5

スリーピース

プロローグ

貫井《ぬくい》 響《きょう》

【誕生日】11/15　【血液型】A　【学校】新井田西《にいだにし》高校　普通科1年A組

【もしも告白する（される）としたら……】
メールとかがまだ気が楽……だけどきっとダメなんだろうな……

Here comes the three angels
3天使の3P!
スリーピース

「うーん、白か、ピンクか……」

秋の夜長、と呼ぶにはまだ少し早い九月の夜。僕は気だるい身体《からだ》を椅子《いす》のリクライニングに預けながら、自室のベッドを見つめる。

欲望に身を任せ、何も考えずあそこに飛び込んでしまえば、好き放題快楽をむさぼることができるだろう。

しかし、それでは足りないのだ。独りよがりに盛り上がるだけでは、もはやこの心は満たされない。今では悦《よろこ》ぶことより、悦ばせることの方が意味として大きく、重い。

だからこそ、ひとまずコンセプトをしっかり形にしておきたいのだけど。

「いっそ、黒……。あえて小学生に黒というギャップも……。いや、でも今回はプレイにもマニアックでハードな要素を取り込みたいからなあ。そこに黒だと、狙《ねら》いすぎか。やっぱり淡色系で、可愛《かわい》らしさも残しておかないと……」

些細《ささい》なことで迷い始めるのは良くない兆候だった。固めたはずのビジョンが揺らぐサイン。

その実、色なんてあまり関係ない。どう染め上げようと最終的には裸《はだか》にして衆目の前に晒《さら》すつもりなのだから、この過程での選択《せんたく》がただの自己満足に過ぎないことは重々承知している。

ただ、まあ。視覚上の印象によって気分の盛り上がり方が違うのもまた事実で。

ピンクの方がより大胆《だいたん》な攻め方ができるんじゃないか、と思ったり。いやだからこそ、純白

てはどんな色にするか——》

の清廉《せいれん》さを強調して、あどけない印象を殺さないようにすべきなのか……とか。仮説を浮かべては否定を繰り返し、無駄《むだ》に時間だけを浪費する。

「ピンク、いや白……」

「お兄ちゃん？」

「あ、くるみ」

停滞《ていたい》を続けていると不意にドアが押し開かれ、妹が怪訝《けげん》さを満面に眉間《みけん》を突き出しながら中へ入ってきた。

「ピンクとか白とか、何の話？　まさか、明日《あした》私に履《は》いて欲しいパンツの色じゃないわよね？」

「そんなわけないよ……。コンピューターミュージックで、ドラムパートのトラックを何色にするか迷っていただけ」

音源の打ち込みをする時パートごとに色分けしておかないと、楽器の数が増えてきた後でごっちゃになってどれがどれだかわからなくなってしまうのだ。

……それにしても、まさか下着と勘違《かんちが》いされるとは。その発想はまったくなかった。

僕が常日頃《つねひごろ》から誤解を受けるような言動ばかりをしているというならまだしも、むしろ面白みがなさすぎるほど普通のことしか口にしていないのだから、もう少し実の兄を信用してくれてもいいと思うんだけど……。

「なんだ、音楽の話。ついにお兄ちゃんが私のパンツのことしか考えられないほど壊れちゃったのかと心配したわ」

いろいろ譲歩《じょうほ》しても、くるみ限定なのはおかしい気がする。譲歩もしないけど。

「ついに……って、人聞きが悪いなあ」

「ジゴウジトク、でしょ？　最近輪を掛けてヘンだもん。いつもボーっとして」

「ん……」

すまし顔の指摘は、正直言って否定できない部分もあった。

確かにここ何日かに限って言えば、あまり平常心で生きられていない……と、おぼろげに自覚しているわけで。

「疲れてるんじゃない？　元引きこもりだったのに、いきなりアクティブになりすぎて。少し、自分を見つめ直す時間がお兄ちゃんには必要だと思う」

「自分を見つめ直す、かあ……」

妙な説得力を感じ頷《うなず》く僕。それを見てくるみは満足げに、後ろ手に隠していた何かを僕の前でちらつかせた。

「そ・こ・で。今日《きょう》はお兄ちゃんのために、簡単な心理テストを用意してあげたわ」

「心理テスト？」

「そう。これをやれば、お兄ちゃんが今一番必要としているモノがわかるの」

——僕にとって、今一番必要なもの。

反射的に想像してみたけど、これといってぱっと何か思いついたりはしなかった。

つまり、実際見えてないのだ。自分にとって、現状拠《よ》り所とすべき物事が。

ならば尚更《なおさら》、善意に甘えて向き合ってみるのも良《い》いかもしれない。その心理テストと。

それで現状のもやもやが晴れるならばよし。でなくとも、何かを失うわけでもなし。

「ありがとう、くるみ。なんか、知らない間に心配かけちゃってたんだね」

「べ、別にそういうわけじゃないケド！　ほら、やるなら机の方を向きなさい！」

「了解」

言われた通り姿勢を正すと、くるみは手に持っていた紙を裏返しで僕の前に置く。

「いい？　これに、ランダムで並べられたひらがながぎっしり書いてあるわ。その中から、お兄ちゃんが最初に見つけた単語を教えて。それが今、お兄ちゃんにとって一番大切なモノ。頭で考えないで、直感で見つけなきゃダメよ」

説明で、おおよそどんなテストか把握《はあく》できた。そういえばネットで似たような画像を見かけたことがあったような。

「わかった。やってみるね」

「それじゃ、始めるわね。絶対に、直感で選ぶのよ？　――いち、にの、さん！」

かけ声と共にくるみ自らがプリントをひっくり返してくれたので、さっそく眼《め》を凝《こ》らして書き込まれたひらがなを見つめる。さて、眼に留まる単語は一体――

いもうとぅうぇえんみ**いもうと**がきぎく**と**けげこごさざしじすず**いもうと**ただ**と**ぢっつ**と**
てでと**う**なにぬね**いもうと**ひびぴ**と**ぶぷ**う**べぺほぼ**いもうと**めもゃやゅゆょ**う**らりるれ**う**
ゎわこ**も**をまおえことえあたもぢ**う**まと**も**じおとんぁあ**いもうと**ぇえぉお**も**がきぎくぐ**も**
げこご**い**ざしじすずせ**いもうと**だ**も**ぢっ**い**づてでとどなにぬねのはばぱ**い**びぴふぶぷへ**い**
ぺほぼぽま**いもうと**ゃやゅゆょよ**い**りるれろゎわ**いもうと**あぃいぅうぇえぉおかがきぎく
ぐけげこごさざしじ**と**ずせぜそぞただちぢつ**と**ももでとどな**いもうと**はば**いもうと**ふとぷ
へべ**いもうと**かみむ**う**もゃや**いもうと**らりる**う**ろゎ**いもうと**んぁあぃいぅうぇえぉうかが
きぎくぐけげこご**も**ざしじ**と**ずせぜそぞた**も**ちぢっつづてでとどなにぬ**いもうと**もぱひ
びぴふぶぷへべぺほ**い**ぽまみ**う**めもゃや**と**こ**い**ょらりるれろゎわ**いもうと**ぁ**いもうと**ぅも
とぉお**いもうと**くぐもけげこ**も**さざしじ**う**ずせ**いもうと**だち**いもうと**でとどなにぬねのは
うぱひびぴふぶぷへべぺほゆ**い**ぽまみむ**も**もゃやゅゆょよらりるれろゎわ**いもうと**あぃい
もうぇえぉおかがきぎくぐけげこごさざ**い**じすずせぜ**いもうと**ちぢっつづてでとどなにぬ
いのはば**いもうと**ふぶぷべ**いもうと**まもみむめもゃやゅゆ**いもうと**るれろぽゎわ**いもうと**

「…………………」

この瞬間《しゅんかん》の衝撃《しょうげき》をしかと記憶《きおく》に焼きつけるため、今後『絶句』という表現はなるべく使わないでおこうかと思ってしまうほど絶句した。

「はい時間切れ！　さーお兄ちゃん、答えて？　どんな単語が見つかった？」

一方的に紙を回収し、中腰で含みのある上目遣《うわめづか》いを送ってくるくるみ。

答えなきゃ、ダメなのかな。ダメなんだろうな……。

「いも……うと……」

「キャー！　妹！　デタラメな文字の中からよりにもよって『いもうと』を見つけちゃうだなんて！　どれだけ心の奥底が私のことでいっぱいなのかしらね！　きもちわるい！」

これほど嬉々《きき》と、瑞々《みずみず》しい声色《こわいろ》で『きもちわるい』を告げられる体験というのも、なかなかどうして得難《えがた》いものではないだろうか。

いや、意地を張って無理矢理違う単語を伝えるというプランも浮かんだのだけど。それはそれで怒られそうな予感があったしなあ……。

「……ごめん……なさい？」

「あらん、謝ったって事実は変わらないのよ？　もうお兄ちゃんのシスコンは取り返しがつかないんだから、あとはせいぜい私に本気で嫌《いや》がられないよう、毎日かわいいところを褒《ほ》めたり、たくさんデートに連れて行ってあげるしかないわね。そしたら、しょうがないからお兄ちゃんが一生私のことを大好きで居続《いつづ》けることを許してあげる」

「恐縮です……」

逆らうまい。もはや。逆らえば逆らうほどこじれるのがなんとなく透けて見える。

「そうそう。そのケンキョな気持ちを忘れちゃダメよ。さてと、あんまりお兄ちゃんの部屋に長居するといけないイタズラをされちゃうかもしれないからもう帰らないと。にっげろ～♪」

「……………楽しそうだなあ」

石鹸《せっけん》の香りを残し立ち去ったくるみが後ろ手に閉めたドアを見つめながら、しみじみ独り言《い》。こうして茶化してもらえるのも本気で危険対象だとは思われていないからなのだろうと、良い意味に捉《とら》えておこう。

というか実際問題、癒《い》やしを覚えてしまったのも事実だった。

くるみの口から発せられた『きもちわるい』も『シスコン』も、響《ひび》きの辛辣《しんらつ》さとは裏腹にいっさい悪意を感じずに済んだから、穏《おだ》やかな感情で聞き流せた。

家族だからこその軽口、というべきか。なんにせよ、図らずも――いや、たぶんくるみの狙《ねら》い通り、ここ最近わだかまっていた気分がおかげでだいぶ循環《じゅんかん》した（なぜあの心理テストで僕を元気づけられるという結論に至ったのかは、今も大きな謎《なぞ》だけど）。

それとは逆に、本来良い意味で捉えられそうな言葉でも、真意がまったくわからないものだったなら……。

「ん〜……」

再び思考の無限ループに陥《おちい》りそうになって、逃避先を求めるようにＰＣのディスプレイを凝《ぎよう》視《し》する。

夏休みを終え、迎えた高校一年生の二学期。

でも僕は、八月の陽気の下《もと》に何かとても大切な忘れ物をしでかしてしまったような、妙に落ち着かない想《おも》いを抱《かか》えたまま、残暑厳しき日々を過ごしていた。

PASSAGE 1

五《こ》島《とう》 潤《じゅん》

【誕生日】8/8　【血液型】A

【学校】城見台《しろみだい》小学校　5年2組

【もしも告白する（される）としたら……】
ら、らぶれたーがステキかもですっ

Here comes the three angels
３天使の３P!
スリーピース

「お兄ちゃん、ちゃんとお弁当持ったわよね？」

「うん、くるみが作ってくれたんだから絶対忘れないよ。じゃあ、行ってきます」

「私も行ってきま〜す」

早朝、妹と共に家を出て、登校前の挨拶《あいさつ》を交わす。

「……うむ」

別方向に数歩進んでからふと立ち止まり、振り返ってくるみの後ろ姿を確認。朝日を受けつややかな光を纏《まと》った長い髪が、今日《きょう》も僕に一日を戦い抜くための活力を分けてくれる。シャンプー職人として、ささやかな幸せを感じる瞬間《しゅんかん》だ。

「さて、急がないと。…………ふぅ」

しかしそんな充足感も、ここ数日長くは続かない。駅に向けて足を送り始め一分もしないうちに、うっかり溜息《ためいき》を漏《も》らしてしまった。

不登校はすっかり完治したつもりでいたけど、わずかながら情けない感情をまた身に宿してしまっている。

「学校、いきたくないな」

ついには口から禁断の言葉が漏れ出て、心の中で僕は自らに鉄拳《てっけん》制裁。

ダメだ。いい加減、答えの出ないことでうだうだと悩むのはやめにしないと。

周りに人が居《い》ないのを確認してから、ぱん、と平手で両頬《りょうほほ》を張り、意識して大股《おおまた》で通学の儀《ぎ》に従事する。

ほんと、よくないなあ。別に誰《だれ》かから嫌《いや》がらせを受けているわけでもないのに、ネガティブになりすぎだ。

天気は良《い》いし、暑さも朝の内はいくらかマシになってきた。街には活気が溢《あふ》れ、行き交う人の顔も実りの秋に向けた希望が色濃く滲《にじ》んでいる。

うん、良《い》い日じゃないか。きっと、僕にとっても素敵な月曜日になる。

「…………あ」

「…………おはよ」

などと力業《ちからわざ》の自己暗示で明るさを取り戻し、定期を使って駅の改札を抜けた瞬間、理論武装は跡形もなくふっとんだ。

「お、おはよう」

遅れて挨拶を返すと、よく見知ったその少女は小さく頷《うなず》きだけを残し、歩む速度を速める。まるで、僕と肩を並べたくないと、無言で示すように。

鳥海桜花《とりうみさくら》。引きこもり時代だった中学からの同級生で、僕がバンド活動をお手伝いさせてもらっている三人の小学生たちと共に暮らす、リトルウイングの長女。

夏休み明け初日以降、ずっとこんな感じなのだ。ほとんど会話も成立せず、常にどこか避けられているような雰囲気《ふんいき》。

そのたった一つの事実が、僕が囚《とら》われている苦悩の全成分だった。

こんな風になってしまったきっかけが生まれたあの日。桜花《さくら》はたぶん口を滑《すべ》らせて、僕に予定外の言葉を届けた。

その真意は、未《いま》だ確かめられていない。確かめようにも、その後ずっと桜花は素っ気ないままだから、とてもほじくり返そうだなんて気にはなれない。

聞いた直後は、嬉《うれ》しいことを言ってもらえたのかな、なんて胸の鼓動《こどう》が抑えきれなかったけど、今となってはまったく自信がない。誤解を与えたと確信して、桜花は気まずさで僕を避けているのかも。

客観的に振り返ればその可能性の方が高そうで、もはや怖くて何も訊《き》けない。

気付けばもう、二つ結びの髪が揺れるスレンダーな後ろ姿は、雑踏に紛《まぎ》れて見えなくなっていた。

うう、少しも待ってくれる気配すらないんだもんなぁ……。いや、僕が勝手に足を止めてしまっただけといえばその通りなんだけど。

「っと、いけない」

改札からそう離れていないところで行き交う人々の障害物になってしまっていることに思い至り、脳を強制シャットダウンしてホームを目指す。

「あ……」

「あ……」

そして、なんたる偶然か。朝のラッシュで混《こ》み合うホームから到着したばかりの電車に滑り込むと、隣《となり》で桜花がつり革を握りしめているポジションに流れ着いてしまった。

もちろん、わざとじゃない。むしろ事前に桜花の存在に気付いていたら無理してでも別の場所を確保していただろう。

「……」

「……」

だって、こんなの桜花も気まずくてしかたないだろうし。

「…………」

「…………」

揺れる車内で、続く沈黙。朝からついてないなあ……。

いや、待て。むしろこれは、神様からもらった千載一遇《せんざいいちぐう》のチャンスかもしれない。

少なくとも、僕の方から桜花を傷つけるような失態は犯していないはずだ。

なら、せめて今の停滞《ていたい》しきった関係から脱する努力くらい、しても許される。むしろ、臆病《おくびょう》に呑《の》まれて何もしない方が圧倒的に罪だ。

いきなり『あの言葉』の真意を確かめるのは難しくても、せめて、少しでも会話をしてみないと。

「…………あ、あの。桜花《さくら》――」

「あれ～？　桜花じゃん、おはよ！　前にいたの今まで気付かなかった！　まじウケる！」

振り絞った勇気、虚《むな》しくも空中で霧散《むさん》。

「え。……あ。おはよ。ごめん、あたしも気付いてなかった。電車一緒になるのめずらしいね」

「やー、うっかり早起きしちゃってさ。家でぐだぐだしてたらそのまま学校サボっちゃいそうだから今日《きょう》は余裕持って出てきたよ」

「あはは、余裕って。この電車逃したらもう遅刻ギリじゃん」

僕の弱々しい声よりも先に桜花の耳目《じもく》を引き付けたのは、眼《め》の前に座っていた同じ高校の女子。クラスメイトではないから僕には面識がなかったけど、リボンの色からして同学年だ。

「そうなんだよね～。うちのクラスさ、みんな真面目《まじめ》だから遅刻すると目立っちゃってちょー困る。もっとみんな、のんびり登校すればいーのに。出席取って半分くらいしかいなかったらもう誰《だれ》が遅刻したかわかんなくなるじゃんね。あ、やっぱ。これ名案くさくない？」

「それは通う高校を間違えたねー」

「だって制服かわいいし。私ムダに頭イイからちょっと勉強したら余裕で受かっちゃった。内申モノともせず！　あはは！　ところで桜花、そのリップ良《い》い色じゃん。どこの？」

「あ、これ？　昨日《きのう》買ったんだけど――」

まったく途切れる気配もなく、積み重なる桜花と眼の前の女子との会話。

羨《うらや》ましいなあ、女子同士だと話題がたくさんあって。僕の場合、話を続けたいと思っても何を言ったら良いかわかんなくなることがしょっちゅうだから。

……って、今の状況はそれ以前の問題だけど。

そっか。桜花、新しいリップクリーム付けてたんだな。会話から推測するに。気付いてたら、もっと早く話を切り出すきっかけが作れただろうか。

ムリか。

疎外感《そがいかん》と無力感で、なんだかますます沈んできてしまった。

「あはは、でさでさ～」

「えー、そうなの？　あたしは苦手だなーそういうの」

結局電車を降りるまで、二人の会話は盛り上がりに盛り上がっていた。

しょうがない、か。この流れで女子トークに割り込みを断行なんかしたら、それこそ印象最悪だろうし。

チャンスなんて、はじめからなかったんだ。そう思った方が、まだポジティブでいられる気がした。

だとしても、それはさておき。

もうずっと……このままなのかな、桜花とは。

そんなの、悲しすぎる。次にチャンスがあったら、今度こそ僕の方から何か話しかけてみないと。絶対に。

唯一《ゆいいつ》、僅《わず》かな勇気の糧《かて》になりそうだったのは、

「…………」

電車を降りる寸前、桜花《さくら》がちらりと僕に惑い気味な視線を残していってくれたことだった。

「まだ、怖《お》じ気づくには早すぎる、よね」

くどいくらいに、内心で繰り返す。

僕から桜花にヘンなことは、何もしてないはずなのだ。

たぶん、きっと、おそらく。

♪

「はい、欠席者はいませんね。よかった、今日《きょう》は大事な話し合いがあったので」

学校に着いて自分の席に座ると、ほどなくチャイムが鳴ってホームルームが始まった。点呼を済ませた担任の先生が長い髪を揺らし、改まった口調で伝えた言葉を受けて、教室中の視線が教壇《きょうだん》に集まる。

大事な話ってなんだろう。言い方からして、別に悪い内容ではなさそうだけど。

「みなさんもご存じの通り、いよいよ来月の二十二日に一年生にとっては初めての学園祭が催《もよお》されますね。部活の出展などで、既《すで》に準備に取りかかっているところも多いでしょう」

普段より幾分堅《いくぶんかた》い声で、説明を続ける先生。担任を持つのはこのクラスがはじめてということなので、連絡を過不足なく終えられるよう事前に文章をまとめたりして準備していたのかもしれない。ちょっとしたニュアンスの違いから、教師というのも僕たちが思っている以上にこなすべき仕事が多いのだな、なんて偉《えら》そうな感想を抱《いだ》いてしまったり。

しかし、言われてみれば学園祭まであと一ヶ月とちょっとしかないのか。帰宅部の僕にとっては、ほとんど縁のないイベントのまま終わりそうではあるけど。

「高校生活の大切な思い出のひとつになると思いますので、みなさん精一杯頑張って下さいね。そして、まだ何も予定が決まっていないという方も安心して下さい！　これからでも間に合う、とっても素敵なチャンスがあります！」

先生のトーンが上がるのに連動して、あちこちで顔を見合わせるクラスメイトたち。つまり、お客さんとしてではなく、イベントを催す側として参加する方法が残っているということかな。

「この学校の伝統で、部活ごとの出展だけではなく、クラスからもひとつ展示を用意することが決まっているんです。これは、原則としてどのクラスも必ず参加する企画です」

先生がそこまで告げてぎゅっと拳《こぶし》を握ると、また少し教室内の雰囲気《ふんいき》が変化する。……今度は多少悪い意味で。

有《あ》り体《てい》に表現してしまえば『めんどくさいことになりそうだ』という不安がそこかしこから溢《あふ》れた。

「展示の内容は、風紀さえ乱さなければかなり幅広く許可が出るので、改めてみなさんで話し合ってもらえればと思うのですが、ひとまず今日《きょう》のところはこの『クラス展示』を実行する代表を決めましょう。……どうですか？　やってみたい人は、遠慮《えんりょ》なく立候補してください！」

希望に溢れた声を乱反射するように、ザッ、と音が立つほどの勢いで顔を背《そむ》ける男女四十名。

……ロコツだ。

とかいいつつ、僕自身も間違いなくその1／40出資者だったのだけれど。

「え、ええと。い、いませんか？　ダメ……ですか？」

ここまでの反応の悪さは予期していなかったのか、早くも眉尻《まゆじり》を下げ、困惑で心が折れそうな気配を漂《ただよ》わせる先生。拒絶を構成する一員となってしまっている罪悪感で、僕もまたなんともいたたまれない気持ちに。

でも、それならいっちょ手を挙げましょう、という心境になるのかと言えば……ごめんなさいとしか言いようがなく。そういうリーダーシップ的なポジションって、自分は明らかに向いていないタイプだしなあ。

「……うう、誰《だれ》かぁ」

「先生、まったく興味がないわけではありませんが、文芸部の原稿で手一杯で。申し訳ないですが私は無理そうです」

もはや教師としての気丈《きじょう》さを保てなくなりつつある先生を孤立させまい、という思いやりからか、最前列のクラス委員長が遠慮がちに声を上げる。

内容としては辞退の意だったけれど、このまま黙り込むのは申し訳ないというムードが伝達して、

「ウチも無理だよ、ごめんね先生。てか、展示の話は先輩《せんぱい》から聞いていたけど、テニス部員は引き受けちゃダメって結構前にお達しがあったし……」

「野球部もムリっす。大会前だから学園祭はないものと思えって言われてるっす」

「料理部、出展で既《すで》にデスマってます……」

「文化系の部はどこも手一杯じゃないかなぁ。手芸部もちょっとコスプ……衣装の準備とかで」

立て続けに誠意のこもった謝罪が届けられる。ウチのクラスの人たちは本当にいい人揃《ぞろ》いなので、みんな心から申し訳なさそうだ。

運が悪かったのは、部活加入率が非常に高いことか。僕の記憶《きおく》が確かなら、四十人のうち、帰宅部なのって——。

……ん、待てよ。ということは、この流れ。

「そ、そうよね！　部活があると、掛け持ちになって難しいわよね。それじゃ、今のところ手が空《あ》いている人に頼めないかしら。ええと、部活未所属なのは——」

先生が名簿《めいぼ》に目を落とし、ほどなくして読み上げられた名前は、予感通り二名。

「鳥海桜花《とりうみさくら》さんと、貫井響《ぬくいきょう》くん、ね」

間髪を入れず、ざわっというどよめき。別に卑屈《ひくつ》になるわけではなく、僕に対する反応は少しも含まれていないだろう。確実に、クラスのアイドル的存在の名が挙がったことに対する驚《おどろ》きの気配だ。

ちらり、と桜花の方を見る。一瞬《いっしゅん》目が逢《あ》った。すぐに逸《そ》らされた。

「ごめんなさい、先生。あたしもできそうにありません。放課後、たくさん用事あって」

打診される前に、きっぱりと断る桜花。その答えは僕もまた予想していた。

「そ、そう……ええと」

先生は明らかに迷っている。ここはもう少し押してみるべきかと考えているのかも。部活で不可という返事にはいわば大義名分みたいなものだから、簡単に引き下がると手詰まりになってしまうという懸念《けねん》があるのではないだろうか。

「……鳥海さんが委員なら、こっそり手伝うのもアリだな」

「でも本人嫌《いや》がってるぞ。推薦《すいせん》したら好感度ダダ下がりじゃん」

いっぽうで、クラス内には『願わくば、桜花が引き受けてくれたら』という期待の色が明確に漂《ただよ》い始めた。

うーん、ちょっと困った。実はもう既《すで》に、これは僕が引き受けることになるかと半ば覚悟しかけていたんだけど、なんとなく立候補しにくくなったというか。今、手を挙げたら『余計なマネを！』という空気が漂いそうな感じがして怖い。

受け身すぎてかっこ悪いけど、密《ひそ》かに願う。先生、僕に声かけてみてくれないかな。

「貫井くんは、どう？　やってみる気、ないかしら」

やった、叶《かな》った。桜花の方が適任なのは間違いないし、上手《うま》く準備が進みそうだとは思うんだけど、桜花はバイトでリトルウイングの家計を支えている面もあるから押し付けるのはあまりにも忍びない。

そのことを、桜花はクラスメイトに話していない。けど、きっと先生はなんとなく事情を知っているはずだから、もう一押ししてみるのにもまた躊躇《ちゆうちよ》があったのだろう。

「僕でよければ、やります」

渡りに船と、迷わず頷《うなず》く。この機を逃したらもうタイミングは巡ってこない。あえてＫＹに、はっきりと肯定。

「そう！　嬉《うれ》しいわ！　ぜひお願いしたいのだけど、みんなはどう？」

「異議なしで～す」

「貫井、すまんな。よろしくな～！」

周りの反応も、思っていたほど厳しいものではなくて一安心だ（まあ、多少落胆《らくたん》の色は混ざっていたような気もしつつ）。

「じゃあ、クラス展示委員は貫井《ぬくい》くんに決定！　本当によかったわ、ありがとう……！」

「いえ。学園祭の予定、何もなかったですし」

「きっといい思い出が作れるから、頑張って！　次のロングホームルームは展示の話し合いにあてるわね。もちろん、それより先に動き出してくれても大歓迎だけど」

ふむ、と時間割を確認。ロングホームルームは木曜。学園祭までの時間を考えたら、できることは早めに始めておいた方がいいだろうな。

「わかりました。……じゃあ、今日《きょう》の放課後から少しずつ活動を始めます。あの、みんなも、もし予定とかなければ少し残って協力してくれたら嬉《うれ》しいです」

「了解了解！　顔出せるときは出すわ～」

「貫井君、がんばって」

おっかなびっくり伝えた僕に、応援の声を届けてくれる同級生たち。これで少しくらいはクラスの一員として貢献《こうけん》できそうだし、何より桜花《さくら》に余計な負担をかけずに済みそうなのが良かった。

「…………」

「…………っ」

そんな安堵《あんど》と共にちらりと視線を向けたら、桜花はなんだかすごい顔でこっちを睨《にら》んでいた。

ええ、そういう反応……？

という精神的ダメージが、大体三割くらい。

残り七割の部分で、桜花が無言の中にどんな感情を込めていたのかも、まあ。それなりに理解できたつもりだ。

なんというか、難しいな。生きるのって。

♪

そして、放課後である。

――教室内、僕一人である。

誰《だれ》も残ってくれなかったのである。

「…………うん、まあ、そうだよね」

朝の時点である程度の諦観《ていかん》はあった。あったけど、実際目《ま》の当たりにすると多少しんどい。

さて、どうしたものかなぁ……。小さなことから進めようにもまだ内容すら決まってないから、単独で動ける段階でもないし。

「とりあえず、今日は諦《あきら》めるか。朝いきなり決まったことだし、明日《あした》なら少しくらいは協力してくれる人がいるかも」

「……甘い。もうずっと誰も来ないわよ。みんな、体《てい》よく押し付けられて無事問題解決、あとはよろしく〜って思ってるに決まってるでしょ。ほんと、人生経験足りないんだから」

「あ、桜花《さくら》」

苦笑と共に荷物をまとめようとした直後、鈍い音をたてて後ろ側の戸が開き、確かに一度は帰ったはずの人影が僕の傍《そば》へ溜息《ためいき》交じりに歩み寄る。

「誰《だれ》も、じゃないよ。桜花が来てくれた」

「て、手伝わない……っていうか、手伝えないからね、ほんと。バイト休めないの、ウソじゃないし」

「うん、わかってる」

それでも、孤独を癒《い》やしてくれた。ただその事実が、今は嬉《うれ》しかった。

「ニコニコしてる場合じゃないから……。状況、ちゃんとわかってる？」

わかってないのかもしれない。桜花と久しぶりにまともな会話ができていることが嬉しすぎて、それだけで危機感がどこかに行ってしまったみたいだ。

「誰かがやらないとかなりモメそうな感じだったし、実際僕がいちばん手すきだったのも間違いないから。これも良《い》い経験だと思うことにするよ」

「そりゃ、さ〜……。あたしだって響《きょう》のこと責められる立場じゃ全然ないんだけどさ〜……」

前の席に、背もたれをまたぐようにして座り、僕の机にぺたんと頬《ほお》をひっつけ上目《うわめ》遣《づか》いでこちらを覗《のぞ》く桜花。いろいろ言いたいことはあるけど、呑《の》み込まざるを得ないといった雰囲気《ふんいき》が眉間《みけん》の皺《しわ》に滞留《たいりゅう》している。

「ありがとう、心配してくれて。まあ、引き受けちゃった以上責任持ってなんとかする」

「……バンドは？　潤《じゅん》たちだけじゃなくて、くるみちゃんたちの面倒も見ることにしたんでしょ？」

「もちろんバンドには絶対迷惑をかけない。そこは一番大切なところだから」

「それで、クラス展示も一人で準備するつもり？」

「ま、まだ一人で全部やらなきゃいけないと決まったわけじゃ……」

「人生経験が、足りない」

二度言われてしまった。実際、十五歳にして社会生活に三年もブランクがあるからその通りなんだけれども。

「なにより響、無理矢理『手伝って！』なんて頼み込める性格じゃないでしょーに。何度も関係を持った相手、小学生に偏《かたよ》りすぎだし」

「その言い方は語弊《ごへい》が……」

せめて『交遊』関係とか、ある程度の補足をして頂かないと、また社会が僕から離れて行ってしまう。

「だって、あたしにすら頼めないじゃん」

今度はあご先を机に固定して、ぷくりと頬を膨《ふく》らませる桜花。

あれ。もしかして、わがままを言った方が良《い》い場面だった……のかな。

「それは、なんというか。桜花《さくら》がバイト休めないのは、他《ほか》の人たちよりいくらかわかってるつもりだから」

「そうだけど！　そうだけど～！」

言い表せない感情を爆発させるように、桜花は突然机に両手をついて立ち上がる。

「何も言ってもらえないのも、それはそれで……ツライ」

しかし昂《たかぶ》りは一瞬《いっしゅん》だけで、すぐにその声色《こわいろ》は弱々しいものとなり、躊躇《ためら》いの色で染まっていく。

どうするのが、正解だったんだろう。振り返ってみても答えが出なくて、でも何か、何か行き違えてしまっている感覚だけは確かにあって、言葉に詰まる。

「……ごめん。あたしが響《きょう》にとやかく言う資格なんてなかった。忘れて。バイト、行くね」

僕が返事を見つける前に桜花は踵《きびす》を返し、振り返ることなくそう告げて外に出ようとする。

「さ、桜花！」

「……なに？」

「その……嬉《うれ》しかった。久しぶりに、ちゃんと話せて」

このまま無言で今日《きょう》を終えてしまったら、また明日《あした》から元のもくあみになってしまう気がして慌《あわ》てて呼び止め、余計な思考をバイパスして思いついた通りの言葉を桜花に向ける。

場にそぐわないとしても、今一番伝えたいことを、せめて。

「…………ばか」

背を向けたまま、桜花は幽《かす》かな声で呟《つぶや》き、静かに教室を出て行った。

今の『ばか』は、どう受け止めるのが正しいのだろう。またひとつ、『わからない』が積み重なる。

きっと、言われた通りなのだ。

――人生経験が、足りない。

もっと人並みに、人との触れ合いを積み重ねていたならば。桜花との間に漂《ただよ》う靄《もや》のような空気を迷わずかき分け、進むべき道を見つけられたのかもしれない。

何がノイズで、何が核心なのか。

音楽で培《つちか》ったように。今からでも僕は、桜花の声を、言葉を、正しく聞き分けることができるようになるだろうか。

自信はない、けど、進むしかないよな。

そう、音楽――音楽だって始めたばかりの頃《ころ》は、今よりずっと音がひと固まりに聴《き》こえていた。それを解きほぐし、少しずつでも理解できるようにしてくれた唯一無二《ゆいいつむに》の道しるべは、やっぱり『経験』、ただそれだけだった。

心折れそうになっても、向き合い続けるしかないのだろう。眼《め》の前の全《すべ》てと。人生と。

桜花《さくら》と、またあるがまま、笑い合えるようになるためには。

「……やっぱり、もう少し展示のこと考えてから帰ろうかな」

学園祭とバンド、どちらかに重大な穴を空《あ》けてしまったら失望されるだろうし、それ以上に優《やさ》しい桜花は助太刀《すけだち》を断った自分のことまで責めかねない。もうこうなったら、余さず全部拾いきるしかトゥルールートに入る道はなさそうだ。一つ落とせば、全部失う。そのつもりで動こう。

だから、本当に最悪のケース——全部ひとりで展示を準備しなくちゃいけなくなる可能性も、一応視野に入れておかないと。

覚悟を決めて、僕はまとめかけた荷物を再び紐解《ひもと》いた。


♪


「し、しつれいしまー……あ、よかった。貫井《ぬくい》君まだいた」

「えっ？」

ソロ企画会議を開始してから十分ほどが過ぎた頃《ころ》、不意に遠慮《えんりょ》がちな女性の声が響《ひび》いた。

「失礼しますって、ヘン。ここは自分のクラス」

「ツッコまなくていいから。わたしもミスったって自覚あるから」

びくりと顔を向ければ、そこには二人の同級生が。

「石動《いするぎ》さんと、水野《みずの》さん……？」

「あ、名前覚えてくれてたんだね。もしかして、密《ひそ》かに気になる存在だった？」

「名前くらい覚える。自分のクラスなら」

「……みずっち、ツッコミ多い」

状況が呑《の》み込めない僕をよそに、息の合った会話を繰り広げる石動さんと水野さん。直接話をした記憶《きおく》はほとんど無いけど、いつも仲の良い二人組だなという認識は自然とできていた。

さておき、どうしたんだろう。なんだか、僕を探していた感じだけれど。

「ええと、貫井君。同じクラスだけど、一応自己紹介しておく。水野恵実《えみ》です」

「石動貴子《たかこ》です。今朝《けさ》はごめんねぇ、展示委員押し付けちゃって」

並び立ち、ぺこりと頭を下げる二人。慌《あわ》てて僕も立ち上がり、お辞儀《じぎ》をお返ししておく。

「ぬ、貫井響《きょう》です。ええと……」

謝られたことに首を振るべきか、それとも、ご用件を伺《うかが》うべきか、迷いながら僕は二人の顔を交互に見る。石動さんはショートのボブカットとキリッとした眉《まゆ》がいかにも快活そうな少女で、一房《ひとふさ》にまとめられた髪とノーフレームの眼鏡《めがね》が落ち着いた印象を抱《いだ》かせる水野さんとはある意味対照的だ。

「ま、座って座って。あんま困らせちゃってもアレだから、早速交渉《こうしょう》に入らせて」

「イスルギ。交渉《こうしょう》って、なんか言葉がおかしい」

「じゃあなんて言えば良《い》いのさ？」

「…………貫井《ぬくい》君。実は私たち、貫井君と交渉したいことがある」

「おいこら」

「あはは。えっと、じゃあ座らせてもらうね」

息が絶妙すぎて、思わず噴き出してしまった。それがきっかけになったのか教室内の空気が軽くなり、ほぼ三人同時に僕の席周辺に陣取る。

しかし、交渉とは。もしかしたら展示を手伝ってくれるのかな、なんて淡い期待を持ってしまったけど、そんなに世の中は甘くないか。

いや、でも。このタイミングで僕に用という時点で、展示委員を引き受けたことと無関係とは思えない。ひとまず、お話を伺《うかが》ってみるのが早そうだ。

「さてと。ではでは、いきなり本題。貫井君、クラス展示のことなんだけど、わたしたち、手伝っても良いかなって」

「ほ、本当に⁉　すごく嬉《うれ》しいよ！」

どうやら、二人がもたらしてくれるのは最高の吉報《きっぽう》のようだ。思わず身を乗り出し、自分としてはかなりテンション高めに返事してしまう。

「こちらとしても、ぜひそうしたい。……でも、交渉と言った通り、もし貫井君が私たちの頼み事を聞いてくれるなら、なのだけど」

「言わば、アレ？　インサイダー取引ってヤツ？」

「イスルギ、違う」

「保険金殺人？」

「全然違う。もはや跡形もないほど遠くなった。そうじゃなくて、相互協力。貫井君と、相互協力できないかっていう話」

石動《いするぎ》さんを冷たくあしらい、結わえた長髪をさっと肩から払いながら僕の目を見つめる水野《みずの》さん。

「相互協力……」

なんとなく、無償《むしょう》で——という感じではなさそうだという予想は既《すで》にあったけど、ちょっとまだ全貌《ぜんぼう》が見えてこないかな。

「ちゃんと順番に話した方が良いよね。わたしたち、実は同じ部に入っててさ。演劇部なんだけど」

なるほど、演劇部。そうだったのか。あまり共通点を感じないコンビだなと思っていたんだけど、そう聞いた途端《とたん》えも言われぬ納得感《なっとくかん》があった。種類は違えど良い意味で個性的な雰囲気《ふんいき》が、『演劇』という要素でひとまとめになったというか。

「だから、展示委員に立候補できなかった。学園祭のステージを確保済みだから」

「ま、『うっかり確保しちゃった』と言った方が正確だけどね〜」

「……うっかり、というと？」

石動《いするぎ》さんの苦笑に質問を返すと、二人は目配《めくば》せして言葉を探り合う。それから、おもむろに水野《みずの》さんが説明を再開してくれた。

「ひとつ、困った問題があって。今、演劇部には部員が二人しかいない。全学年で、二人」

「二人？　ということは……」

「そ。メンバー、わたしとみずっち。以上」

「それは……ステージ、大変そうだね」

「大変どころじゃないんだな〜。実質不可能」

あっけらかんとした表情とは裏腹に、石動さんからさらに深刻そうな状況説明が。演劇にはまったく明るくないけど、やっぱり二人だけだと舞台を成立させられないのだろうか。

「キャストが足りない？」

「足りないのではなくて、いない。まず、私は中学から脚本《きやくほん》志望で、演技はど素人《しろうと》」

「ほんで、わたしは大道具小道具照明、その他裏方専門。演技はど素人」

なるほど……。舞台に上がる人がゼロとなると、実質不可能という言葉の意味が正しく理解できる。

「もう少し補足する。私たちがこの高校に入った動機は、去年の学園祭で先輩《せんぱい》たちの演技を見て感動したからだった」

「みずっちと二人で、将来このステージを支えられるようになりたいねって憧《あこが》れて、家からちょっと遠かったけどここに志望校決めたんだ。……でも、入ってみたら去年の演劇部員って、全員が元三年生だったらしくてさ」

「私としたことが、ウカツ。下調べが足りなかった。とにかくそれで、今の二、三年生は演劇部員ゼロ。さらに、新入部員も私たち以外ゼロ」

「先輩がいない状況だったから、もちろん勧誘《かんゆう》活動なんかも行われなかったしね〜。もしかしたら、一年生で演劇部の存在自体を知っているのがわたしとみずっち二人だけかも。今、貫井《ぬくい》君に話して最低三人にはなったけど」

聞けば聞くほど、石動さんと水野さんが今どれほどの窮地《きゅうち》に立たされているのか思い知らされる。

それにしても、疑問を感じずにいられないのは。

「ちょっと、失礼な質問になっちゃうかもだけど。……ステージ申請《しんせい》しないわけにはいかなかったの？」

「いかなかった。部員二名、今年の活動歴なしだと来年の廃部《はいぶ》が決まる」

「あ……」

水野さんの淡々とした説明が、一発で腑《ふ》に落ちる。部活の詳しい存続条件とかは知らなかったけど、ルールとして充分有《あ》り得るラインだ。

「戦わないで負けるのもシャクだったからね。足掻《あが》けるだけ足掻こうと。……ま、現状戦況は厳しいどころじゃないんだけど」

「そこで、本題。貫井《ぬくい》君、私たちを助けて」

「演劇部のステージ作り、協力してもらえないかな？　お礼は、クラス展示の全面協力」

「私は脚本《きゃくほん》志望。イスルギが演出志望で手先も器用。展示系の企画なら、大体の内容は今までのスキルを流用できる。しかも、そういうの嫌いじゃない。部活がこんな状況じゃなかったら、普通に立候補してもいいくらいだった」

悪くない……いや。それどころか、これ以上ないほど光明《こうみょう》に溢《あふ》れた提案だ。どこに断る理由があるだろうか。

と、一瞬《いっしゅん》は思ってしまったけれど。

ダメだ。断る理由はなくても根本的な問題として、そもそもこの交渉《こうしょう》、一箇所《かしょ》致命的な穴があるじゃないか。

「本当に嬉《うれ》しいお話なんだけど……ごめん。僕も演技なんてとてもできないよ」

心底、口惜《くや》しい。だけど、舞台に立つことに比べたら、まだ一人で展示を準備することの方が現実的だった。

そう確信して項垂《うなだ》れ半分に頭を下げると、二人はどうしたのか『あっ』と声を揃《そろ》え顔を見合わせる。

「ごめん貫井っち、先に伝えなきゃいけなかった肝心《かんじん》なことを言い忘れてた」

貫井っち。石動《いするぎ》さんの使う呼称が急に変わった。よくわからないけど、今の一言で打ち解けフラグを回収できたのかな……？　まあそれは本題じゃないからとりあえず置いておこう。

「貫井君に頼みたいのは、音楽。実はもう企画自体はできてるけど、実現するためにはオリジナルの歌が必要だった」

「音楽……そっか」

よく考えたら、役者を探すという条件だったらそもそも僕に白羽の矢が立つわけないじゃないか。浅はかな早とちりをしてしまった。

今となっては恥ずかしすぎて顔から火が出そうになる思い出なんだけど、そういえば僕、初登校のときにみんなの前でアコースティックライブなんぞをしでかしてしまったんだよなぁ。

その過去が巡り巡って、この交渉に繋《つな》がったのだろうか。

「ま、貫井っちに演技頼むくらいならわたしたちがステージに立つよね。でもそれだと『貴重なタイムテーブルをクソ舞台に使うな！』って大不評、むしろ活動としてマイナス査定くらいそうだから頭抱《かか》えてたわけで。あはは」

「イスルギ、失礼。ホントのことほどソフトに伝えるのが礼儀《れいぎ》」

率直な評価に苦笑。間違いなく事実だから特に傷つきはしなかったけど。

「ごめんごめん。……で、改めて提案。貫井《ぬくい》っちは音楽。わたしたちは裏方作業。お互い得意なところで、労働力出し合わない？」

「ついでに、演劇部に籍《せき》だけ置いてくれると嬉《うれ》しい。どのみち今年の活動は学園祭一本に絞るから、それ以降はいっさい束縛《そくばく》しない。約束する」

今度こそ、僕の心の中に希望が芽生える。胸を張って自信を持てるわけではないけど、音楽……それなら。学園祭に向けての負担が、間違いなく一気に軽くなる。

「うん。僕の作る歌なんかでよかったら、ぜひ手伝わせて。それで、二人に展示を協力してもらえるなら、こっちからお願いしたいくらいだ」

「交渉《こうしょう》成立。私たちも、これで存続の可能性が少しだけ見えた」

「あとはできる限りたくさんの人をステージで感動させるだけだね！　そーやって演劇部の存在を知らしめて、あわよくば新入部員確保！」

一斉《いっせい》にはじける、三つの笑顔。お互いが、進んで成立させたくなる協力関係。これほどまでに事態が好転するとは、当然ながら想像だにしていなかったな。

……あれ？　でも待てよ。僕は当然として、二人もやっぱりステージに立たないとなると。

「あの、ちょっと気になったんだけど」

「ん？　なに？」

「僕が音楽で手伝わせてもらうのは喜んで……なんだけど。結局、ステージには誰《だれ》が立つのかな？」

まだ根本的な問題が解決していないことに気付いて訊《き》いてみると、二人は面持《おもも》ちを改め少し緊張感《きんちょうかん》を漂《ただよ》わせる。

「実は、そっちのスカウトはこれからなんだ」

「でも、頼みたい相手は一人だけ。口説《くど》ければ、絶対に上手《うま》くいく自信がある」

「それって……」

なんとなく、予感があった。

まだ具体的に聞いたわけでもないのに、妙にドキリとしてしまう、不思議な感覚が。

「あのさ、逆に質問。もし貫井っちなら、誰に頼む？」

「それが、答え。きっと。いえ、間違いなく」

ああ、やっぱりそうなのか。完全に正解を確信してほとんど間を置かず、浮かんだ名前を僕は口にする。

「桜花《さくら》、だよね」

「正解。この劣勢を覆《くつがえ》せる『華《はな》』が、桜花にはある」

「桜花と、それに貫井っちの音楽にもね。実は『リヤン・ド・ファミユ』のライブ、ちょこちょこお邪魔《じゃま》してたんだよ。気付いてないだろうけど」

「そ、そうだったの⁉　……ありがとう」

まさかの言葉に、とても嬉《うれ》しくなった。そして、桜花《さくら》なら……という期待も深く頷《うなず》ける。

確かに、輝く。絶対に。一人舞台だろうと、いや、もしかするとその方がかえって、実現すればたくさんの人たちの耳目《じもく》を惹きつけて止《や》まないだろう。

——実現、すれば。

「どうかな、貫井《ぬくい》っち？　イケそうじゃない？」

「そうだね。僕もそう思う。でも桜花、やってくれるかな……」

正直、交渉《こうしょう》は困難を極めそうだという印象。とても、学園祭に深く関《かか》わる気になってくれるとは……。

「負担としては、できる限り軽くするつもり。ナレーションくらいは私が練習して、桜花が声を出すのは歌の部分だけ。舞台上で軽く動いてもらう必要はあるだろうけど、それでも展示委員を引き受けるよりだったらずっと時間を取らせないで済むはず」

「ナレーションであらましだけ伝えて、歌でガツンと持って行くショートステージ。ほら、なんていうのかな？　れりごー、的な？」

「れりごー。なるほど……」

なんてわかりやすい説明だ。瞬速《しゅんそく》でビジョンが伝わってしまった。

それに、少人数で構成する条件ならこの上なくインパクトが強そうでもある。

「それに、桜花を口説《くど》く秘策もある。ある意味、貫井君を先に確保したのはその秘策の準備でもある」

「秘策？　僕が、秘策の準備？」

「ふふん、女はね、嫉妬《しっと》する生き物なのだよ」

真意を理解できず首を捻《ひね》る僕に、二人はなにやら含みのある微笑《ほほえ》みで応《こた》える。

かと思えば、唐突《とうとつ》に石動《いするぎ》さんが声のボリュームを一気に上げ、

「桜花～？　聞こえてたよね～？」

廊下の方に向けて当人の名前を叫んだ。

いやいや、桜花ならもうとっくにバイトへ——

——ガタン。

すりガラスが、揺れた。え、いや、まさか……？

「…………っ」

頭の中に疑問符を溢《あふ》れさせていると、重々しく引き戸が開いて、これでもかというほどばつが悪そうに赤面した桜花の姿が。

バ、バイト。まだ行ってなかったんだ。

「わたしたちが教室に入る前、すぐ近くで挙動不審にうろちょろしてたから。絶対まだ帰って

ないと思った」

「そして、確実に会話の内容が気になって聞き耳立ててると思った」

「ううううるさい！　余計なこと言わないでよ！」

これは、つまり、その。

帰る、と言った後も気にかけて、密《ひそ》かに残ってくれていた……ということなのだろうか。自惚《うぬぼ》れすぎじゃ、と心配になりつつ、他《ほか》に筋道立った行動原理も想像できない。良《い》いのかな。僕は、この状況を、素直に喜んでしまって。

「今の反応だと、改めて事情を伝える必要もなさそう、と。じゃあ単刀直入に。桜花《さくら》、協力してくれない？」

「しない！　絶っっっっっっっ対しない！　もともと断っただろうけど、こうなったら意地でもしないから！」

ふるふると唇《くちびる》を震《ふる》わせながら、声を荒げる桜花。さもありなんというか、二人はどうしてあえて桜花の感情を逆撫《さかな》でするような真似《まね》を……？　これでは、まるでわざと決裂《けつれつ》を狙《ねら》っているみたいだ。

「そっか、じゃあ仕方ない」

「……えっ、い、石動《いするぎ》さん？」

「桜花のいないところで、私たちは貫井《ぬくい》君とたっぷりよろしくやるから、帰って。どうぞ」

「……えっえっ、水野《みずの》さん!?」

困惑する僕に、二人は倍増しの狼狽《ろうばい》を呼び込む。何を思ったのか、左右からそわそわっと、僕の頬《ほお》を指先でくすぐり始めたのだ。

「い、いやいやいやいや！」

わけがわからなかったけど、とにかくこの状況に強烈《きょうれつ》な不穏《ふおん》さを感じたので椅子《いす》ごと後ろに飛び退《の》く。

「〜〜〜〜〜〜〜〜〜〜〜〜っ！　かかかかか、勝手にすればいいでしょ！」

しかし、既《すで》に交渉《こうしょう》のテーブルは大破。桜花は二つ結びの髪をアメリカンクラッカーのように跳《は》ねさせながら一目散《いちもくさん》に教室を飛び出てしまった。

「……なんで？　なんで、こんなことを？」

「つまりアレ？　雨降って地固まる？」

「ならば、まずは雨を降らせるところから」

それが、秘策――なのだろうか。まったく理解が追いつかない。ていうか、僕を弄《いじ》ることが雨乞《あまご》いに繋《つな》がるとも思えないんだけど……。

「ま、貫井っちは気にしなくて良いよ。桜花のスカウトに関しては」

「私たちの独断で動いたからには、責任は全部こっちで持つ。桜花が引き受けてくれなくても、展示の手伝いはもうキャンセルしない。最後まで協力すると誓う。だから、桜花の動向に拘《かか》わらず、音楽作りを始めて欲しい。披露《ひろう》の場、作れなかったらそれは申し訳ない限りだけど」

「ま、なんとかなるっしょ」

なんとか、なるのかなあ……。僕としては甚《はなは》だ怪しいと予測せざるを得ない。

「……二人が、いいのなら」

だとしても、この交換条件自体はひたすら魅力的《みりょくてき》なものだったから、多少気後《きおく》れしつつも頷《うなず》きを返す。

なにより僕としても。桜花《さくら》がステージを彩《いろど》るその姿を、見られるものならぜひ見てみたいという素直な思いもあった。

それが自分で作った音楽との共演であるのならば、なおさら。

もし実現し、成功したなら。そのときは、また桜花と心の底から笑って喜びを分かち合えるだろうか。

そうであって欲しいと、強く願う。

PASSAGE 2

紅葉《もみじ》谷《だに》希美《のぞみ》

【誕生日】10/21　【血液型】AB

【学校】城見台《しろみだい》小学校　5年2組

【もしも告白する（される）としたら……】
自分からはイヤね。そういうのって
やっぱ男のヒトからでしょ

Here comes the three angels
ろ天使の3P!
スリーピース

「ごめん、ちょっと遅くなっちゃった！」

今日《きょう》はひとまず石動《いするぎ》さん、水野《みずの》さんと協力を約束したところで課外活動をお開きにし、電車に飛び乗ってリトルウイングへ。続けざまに、小学生3Pバンド『リヤン・ド・ファミユ』の練習に顔を出す。

「こんにちは、響《きょう》さん。えへへ、まだ約束の時間になってないから大丈夫《だいじょうぶ》ですよっ」

「はむ。三分前。せーふ」

まっすぐ教会に突入し、地下の練習室へ入ると三人は既《すで》にスタンバイ済み。潤《じゅん》はもうギターをアンプに接続完了し、そらもドラムのセッティングを終えて丸椅子《まるいす》の上にちょこんと正座していた（なぜ正座なのかはわからない。たぶんちょっとした気まぐれだろう）。一応遅刻はしなかったみたいだけど、次からはもっと計画的に動かないと。

「でも、珍しいわね。こんなにギリギリなんて。何かしてたの？」

ベースのペグを回してチューニングを合わせながら、きょとんと僕に尋《たず》ねたのは希美《のぞみ》。

「ええと」

少し、間を作ってしまう。そのまま話したら子どもたちからも『また仕事を増やして！』と怒られるかな。

いや、だとしても正直に話さないとダメだ。誤魔化《ごまか》したってどうせいつかは伝えるときが来るし、何よりバンドに対する誠意として裏でコソコソするのは問題がある。

「実は、学園祭でクラス展示の準備をする係になって。あと一ヶ月くらい、少し作業を続けなきゃいけないんだ」

「わぁ、学園祭ですかっ。楽しそうです！」

「わたしたちも、遊びにいける？　響にーのおしごと、みたい」

「響もちゃんと高校生やってるのね。少し意外だけど安心したわ。がんばってね」

幸いにして、三人の反応は総じて好意的で一安心。これも信頼してもらえてるということなのかな。その温かさを裏切らないよう、滞《とどこお》りなく活動を両立させないと。

「うん、予定が空《あ》いていたらぜひ見に来てよ。まだ何やるかも決まってないけど、クラスの人たちと頑張ってみる」

笑顔で頷《うなず》きつつ、心の中で気合いを入れ直す。さあ、ここからはバンドに集中だ。内容の濃い時間になるよう、僕も及ばずながら精一杯の協力をしなければ。

「えー、ちょっとひびき。そんなに予定詰めて大丈夫なの？　これから私たちがちんちくりんズをけちょんけちょんにやっつける、カンドーのステージに向けての準備も待ち受けているっていうのに」

「わにゃ、小梅《こうめ》ちゃん!?」

報告を終え、さあ練習――と盛り上がりかけた矢先、不意に背後から四人目の小学生の声が。

先月、この街に引っ越してきた、嵐《あらし》の姫君。僕のネット活動をイラストで支え、そして潤《じゅん》たちに新バンドで宣戦布告を突きつけた張本人である霧夢《きりゆめ》が、あからさまに不満そうな表情でいつの間にか壁《かべ》に寄りかかっていた。

「……ちょっと。部外者は立ち入り禁止よ。部外者は」

「はむ。ちんちくりんズじゃなくて、リヤン・ド・ファミユ」

それを目に留めるや少し呆《あき》れ顔となった希美《のぞみ》と、そらが抗議の声を響《ひび》かせる。

「さすが負けが込んでいると心が狭いわね。哀《あわ》れ」

しかし霧夢はまったく気にした様子もなく、腰まで伸びた髪を低い位置で自ら握り、タオルのようにくるくる回して挑発する。

相変わらず肝《きも》が据《す》わっているというか、なんというか。

「いつ負けが込んだのよ！　こっちの全戦全勝でしょ！」

「一度勝っただけで『全勝』とか、ふてぶてしいにもほどがあるわ。哀れ」

「小梅《こうめ》ちゃんにふてぶてしいって言われた……」

いけない、なんだか場がヒートアップしてきた。止めた方がいいかな。

「れんしゅう、まだはじまらない？」

そらは丸椅子《まるいす》のジョイントを緩《ゆる》めてくるくる回り始めた。たぶんちょっとした気まぐれだろう。止めた方がいいかな。

「はむ。めがまわる」

「そら、危ないからやめよう」

とりあえず優先順位的にそらを制止しに向かうと、その隙《すき》に霧夢が大股《おおまた》で前進し、弦楽器隊《げんがっき》二人の眼《め》の前でニヤリ、と口角を持ち上げる。一触即発。こっちも仲裁しなければ。

「ふてぶてしいのか、事実を伝えただけなのかは、コレではっきりさせましょう。この、ホームもアウェイもない対等に勝負ができる舞台でね！」

「……なによ、このチラシ」

急いでドラムから離れ、ちょうど潤と希美と僕が三人横並びとなったタイミングで、眼の前に一枚のプリントを突きつける霧夢。そこに書かれていたのは、

「わにゃ。——第5回、キッズミュージックバトルフェス、参加、ようこう？」

思わず僕もハッと動きを止めてしまうような、強いインパクトを携《たずさ》えた文面だった。

これはつまり……公的な、バンドコンテストの案内？

それも、どうやら年少者限定の。

「ネットで偶然コレを見つけたときは思わず神降ろしの舞を踊ってしまったわ。あまりのタイミングの良さにね」

目を閉じ、しみじみと腕組みする霧夢にはしばしありのままでれりごーさせたまま、僕は潤たち三人と顔を見合わせる。

「ちょっと貸して！ ……響《きょう》、これってつまり、バンドの腕試し大会？」

「そうみたい、だね」

「はむ。楽しそう」

率直な感想を漏《も》らしたそらだけではなく、潤《じゅん》も希美《のぞみ》もはっきりと瞳《ひとみ》に輝きを宿している。

そして、僕も。

うん……これ。面白いかもしれない。

「わ、ここ見て響！ 優勝賞金、50万円ですって！」

「ご、50万！ 大金だ！」

「き、きっと新しいガスコンロが買えます！ 今使っているのは火加減がうまくできなくなってきてるから、そろそろ替えなきゃダメかもって、マスターとお話ししてて」

しかも、もし栄冠を勝ち取れたらその見返りも非常に大きい。もちろん優勝なんて夢のような話だけど、チャレンジしてみる価値はこの一点だけでも充分すぎた。

バンドで収入を得てこのリトルウイングの維持費に充《あ》てたい、という大それた提案をしてしまった僕としても、三人がその気なら全面的にお手伝いしなければいけない案件だろう。

「ちょ、ちょっと！ なんで私を置いてけぼりに盛り上がってるの!? それ持ってきたの私！ いつの間にチラシ強奪《ごうだつ》してるのよ！ 返しなさい！」

身を寄せ合って盛り上がる僕たちに遅れて気付き、希美の手から紙を抜き取る霧夢《きりゆめ》。トピッ

クを持ち込んだ本人を蚊帳《かや》の外にしてしまったのは申し訳なかったけど、とにかくまず真っ先に確認すべきことは。

「……つまり、この大会に出場して、腕を競おうっていうこと？　リヤン・ド・ファミユと、霧夢《きりゆめ》たちのバンドとで」

「その通りよ。これならどっちも条件は同じ。ひびきもエロ眼鏡《めがね》に惑わされず、どっちのバンドが素晴らしいかはっきり理解できちゃうってわけ」

「色眼鏡、だよね……」

エロ眼鏡はひどい。

ともあれ。魅力的《みりょくてき》なイベントになりそうだと素直に思った。霧夢と三人の対立を煽《あお》りたくない気持ちも確かにあったけど、純粋なスキルアップの場として。そして自分自身も含め、見知らぬ他《ほか》のバンドから良い刺激を受けられそうな予感で、内心で高揚《こうよう》を感じずにはいられない。

もちろん、伸《の》るか反《そ》るかは潤《じゅん》たち三人、加えてこの場にいないくるみと相ヶ江《あいがえ》さんの意向が最優先だけど、

「響《きょう》さん、私、出てみたいですっ！　小梅《こうめ》ちゃんと、けんかはしたくないけれど……」

「はむ。腕試しはしてみたい」

「今の希美《のぞみ》たちがどれくらいの実力か知る、良《い》い機会だわ。ま、何位かはともかくちびっ子には絶対勝つけど」

先ほどからのリアクション通り、リヤン・ド・ファミユのメンバーは全員乗り気。相ヶ江さんには既《すで》に霧夢から話が伝わっていそうな気がするし、あとはくるみが嫌《いや》がらなければ。

うん、目指してみても良いかもしれない。きっとどこかしら、それぞれの未来に繋《つな》がる。

「はっ。何位かはともかくなんて低い志じゃ、思いっきり大差がついちゃうわね。私たちに勝つには、優勝しかないのに。つまりあんたたちにとって勝ち目のない戦いってことなんだけど。それでも無謀《むぼう》に挑みかかってくるなら、全力で払いのけてあげる」

これにてマッチメイク完了と、滑《なめ》らかに掌《てのひら》を正面へ突き出す霧夢。しかし、この揺るぎない自信は皮肉とかではなく心から尊敬してしまうな。ホームの利が強すぎた勝負だったとはいえ、この前の対バンからまだ半月も過ぎてないのに。

「ここに予選突破しないとステージには立てないって書いてあるわよ。あんまり大口叩《たた》きすぎて、後で恥かいても知らないんだから」

「わにゃ、私たちも、まずは予選を突破できるようにがんばらないとだねっ……！」

「響にー。でてもいい？」

「うん。正義《まさよし》さんの許可ももらわなきゃだけど、みんながやる気ならぜひ応援させて欲しい。……あ、あと一応、ちゃんと出場の条件を確認しておかないと」

まっすぐ首肯《しゅこう》して、今度はこの場にいる五人全員で輪を作って書面を読み直す。潤たちはまず大丈夫《だいじょうぶ》だろうけど、もしかすると話を持ってきてくれた霧夢《きりゆめ》たちの方が規定を満たしていない可能性も大いにあるんだよな。なにせかなりの変則編成だし。

「ええと、出場の条件は。……メンバー全員が、中学生以下であること」

「ステージで演奏可能なオリジナル曲が一曲あること。でもカバー曲も、セットリスト全部じゃなければ演奏していいみたいね」

「はむ。歌のある曲も、演奏だけの曲も、どっちも可」

潤《じゅん》、希美《のぞみ》、そらの順番で、箇条《かじょうが》書きにされた説明が読み上げられる。ここに書いてある内容だと、霧夢たちも規定は満たしているのかな。打ち込みが入っていたらいけない、という縛《しば》りもないみたいだ。

「イラストパートがいたらダメ、とも書いてないわね。よろしい。見る目があるわ」

確かに書いてない。書いてないけど、それは単純に想定されていないだけのような気がしないでもない。そこのところは一応改めて問い合わせてみた方が良さそうだ。

「応募には、実際に生演奏したデモデータを送るんですね。締め切りは……わにゃ。十月三十一日」

「確か、響《きょう》の高校の学園祭もそれくらいよね……？」

「はむ。響にー。いそがしい？」

もう一つ、僕以上に三人が気にしてくれたのは応募の方法と締め切りに関して。確かに、ちよっと予定が詰まってしまうのは間違いない。

「大丈夫だよ。デモは一曲で良《い》いみたいだし、『スタートライン！』なら正真正銘《しょうしんしょうめい》三人のオリジナル曲だから、僕の負担は大したことない。日程だって、完全にかぶってしまっているわけでもないしね」

実際そうするかは流動的だけど、じっくり練習を重ねて、学園祭が終わってからの一週でライブレコーディング、というプランでも充分間に合うだろう。

「ほんとですかっ⁉ えへへ、よかった……」

心底喜んで、潤がぎゅっと僕の腕に抱《だ》きついてくれる。少し照れつつ、僕もますますやる気が漲《みなぎ》ってきた。よし、がんばらないとな。

「そうそう。ちんちくりんズはテキトーで問題ないわ。だからひびきは私たちの方にたくさん力を入れなきゃね！ さっそく今日《きょう》からオリジナル曲を作るアドバイスをしてちょうだい。さあ行きましょう、私とひびきの愛のタネを仕込む、愛の巣に」

微笑《ほほえ》み合っていた潤と僕の間に身体《からだ》をねじ込み、どことなく危うさの混じる誘い文句で僕だけを外に連れ出そうとする霧夢。

さて、どうしようかな。

少しだけ黙考してから、僕は笑みをキープしたまま霧夢とまっすぐ練習室の外に出る。

『……⁉ ……！ ……っ‼』

そして即座に自分だけ舞い戻って、三人と阿吽《あうん》の呼吸で100ワットのキャビネットごとマーシャルアンプを移動させる。うむ。こうやってドアの前にぴったり置けば中に入るのは不可能だろう。

『〜〜〜〜〜〜〜〜〜〜〜〜〜っ!』

防音の鉄扉《てつび》越しに怒りをぶちまける霧夢《きりゆめ》に、のぞき窓から苦笑でお詫《わ》びのジェスチャーを伝え、ホワイトボードに文字を書いて釈明。

『ごめん。今はリヤン・ド・ファミユの練習時間だから。日を改めて相談に乗るね』

未《いま》だ納得《なっとく》せず、といった感じで霧夢は無言の(聞こえないだけで、実際は無言じゃなさそうだけど)抗議を続けていたけど、あえて心を鬼にしてスルー。ここからの約ひと月半を順調に乗り切るには、断固たる自制とメリハリが必要だ。ヘタに迷ったり、流されたりしている余裕はない。

「響《きょう》にしては悪くない判断力だわ。評価してあげる」

「す、少しかわいそうですけど……」

「はむ。でも、たくさん練習しないと」

うん、最少限の音数なればこその息ぴったりなグルーヴ感が、三人にとっていちばんの武器。日々の地道な鍛錬《たんれん》でしか成長できない要素だし、リハーサル一つ一つを無駄《むだ》にしてはいけない。外の世界で腕を競うならなおさらだ。

だから霧夢には悪いけど、多少強引な手段を取ってでもいい加減本日のバンド活動をはじめないと。

「はむ。おなかすいた」

「カレーの下ごしらえしておいて良かったわね。あとはルーを入れればすぐ完成」

「えへへ、カレー久しぶり。楽しみだな」

強行措置《そち》に打って出たおかげで、ほんの少し遅れて始まった練習は順調に進み、実のある時間を過ごすことができた。頑張ったのは三人だけど、僕もすっかりおなかがぺこぺこだ。

今日《きょう》、リトルウイングはカレーなんだな、羨《うらや》ましい。もちろん厚かましくご相伴《しょうばん》に与《あずか》ったりはできないけれど。くるみが夕食を準備してくれているはずだし。

ちなみに霧夢は諦《あきら》めて帰ったようで、練習室を出たら足許《あしもと》に『本番中弦《げん》切れろ!』という怨《えん》嗟《さ》の書き置きが残してあった。……絶妙な不穏《ふおん》さで、地味に心が乱れる。

「……あ」

「あ、あれ? 桜花《さくら》」

嫌《いや》なイメージを払拭《ふっしょく》するように、さてウチの献立《こんだて》はなんだろう——などと考えながら教会を出て、潤《じゅん》たちにお別れを告げようとした寸前。正門からこちらにやって来る少女の姿が目に留まった。

「さくちゃん、おかえりなさいっ」

「はむ。さくねー、いつもより早い」

「シフト短くしてもらったの？」

子どもたちもその姿を見て、歓迎しつつ微妙に不思議そうな顔をする。放課後の練習終わりに、こうして桜花《さくら》と鉢合《はちあ》わせるのは僕にも違和感があった。普段はまだバイトから帰ってくる時間じゃないのに。

「ち、違うから！　細かいミス連発して、体調心配されて早退させられたわけじゃないから！」

どうやら、細かいミスを連発して体調を心配されて早退を勧《すす》められたようだ。さすがにこれくらいわかりやすいニュアンスだと、迷わず真実にたどり着ける。

それにしても、ミスなんて桜花にしては珍しい。もしかして、今日《きょう》の放課後の一件が——いや、考えすぎ……だよな。

「え、桜花体調悪いの？　大丈夫《だいじょうぶ》？」

「晩ごはんならほとんどできてるから私たちに任せてねっ」

「おひるね、しててもいいよ？」

「だ、だからそうじゃないって言ったでしょ！　元気、元気だから！」

みんなから案ずる声が届けられ、大きく両手を振りまわす桜花。実際顔色とかも普段通りだし、身体《からだ》の心配はしなくても良さそうだ。

「ち、調子崩してないならなによりだよ。……それじゃ、僕は帰るから」

「う、うん。ばいばい」

『………？』

とにかく、何か声をかけてからと思い挨拶《あいさつ》して歩き出すと、ぎこちなさが伝わってしまったのか、潤《じゅん》たちが一斉《いっせい》に顔を見合わせる。ちょっとミスした、かな。

「そうそう！　ねえ桜花、聞いて！　希美《のぞみ》たち、バンドの大会を目指すことになったの！」

「バンドの、大会？」

「うんっ。響《きょう》さんにお手伝いしてもらって、まずはデモデータを作って、応募して」

「……それ、いつの話？」

「はむ。十月の、終わりがしめきり」

妙な雰囲気《ふんいき》を払拭《ふっしょく》しようという心遣《こころづか》いもあったのだろう。明るい声で、桜花に話題を届ける希美と潤とそら。

「響……。大丈夫、なの？」

「う、うん。僕は、あくまでサポート役だし」

しかし、桜花の表情はますます硬いものに。僕を気遣ってくれての反応なのは間違いない。

『………？？？』

ただ、子どもたちはますます違和感で困惑してしまったようだ。

「ねえ、響《きょう》、桜花《さくら》。何か、ケンカでもしたの？」

「し、してないわよ？　……ね、響」

「うん、ケンカとかは、ぜんぜん」

希美《のぞみ》に問われ、矢継ぎ早に否定する僕と桜花だったけど、

「なら、いいけど……」

三人、特に希美を安心させるには至らなかったようだ。

「そ、それじゃ。みんなまたね！」

「あっ。響さん、練習ありがとうございましたっ」

「響にー、またね」

結局そのまま逃げるように、リトルウイングを後にする僕。

いかん、いかんぞ。子どもたちにまで心配をかけてしまわぬよう、可及的速《すみ》やかにこの状況をなんとかしなければ。

具体的にどうすれば良《い》いのか、さっぱりわからないのが大きな問題なのだけれど。

当面は、眼《め》の前の課題を一つ一つこなしていくしかないか……。

♪

展示委員になった翌日。早速休み時間に石動《いするぎ》さんたちと具体的な企画内容を話し合ったりしつつ、ちょうどバンドの練習がお休みの日だったので、放課後は霧夢《きりゆめ》と相ヶ江《あいがえ》さんを我が家に招いてフェスに向けオリジナル曲づくりのプランを練ることに。

「あーあ、厄介《やっかい》系にウチの敷居《しきい》を跨《また》ぐ言い訳を与えてしまったわ……」

「うるさい小姑《こじゅうと》。会議、参加させてあげないわよ」

相変わらず、くるみと霧夢の友好度は微妙のようだ。胃が痛い。それでもこのフェスへの参加をくるみが拒まなかった辺り、バンドの解散危機を心配するほどの段階には達していないようだけれど。

「ダメですよ貴龍《きりゅう》様。くるみさんがいなかったらきっと曲なんてできません」

思うに、相ヶ江さんの明るく飄々《ひょうひょう》とした性格が、三人をつなぎ止める『かすがい』なのではないだろうか。仮に僕が相ヶ江さんの立場だったらとっくにストレスでダウンしてしまっていそうだし、リヤン・ド・ファミユとは全然違う意味で絶妙なバランスの上に成立しているトリオだ。

「ふん、まあいいわ。顔くらいは出させてあげる。で、ひびき。どうだった？　私たち、ちゃんと審査してもらえるのよね？」

「大丈夫《だいじょうぶ》そうだよ。差別も贔屓《ひいき》もなしに、対等に扱うって」

霧夢《きりゆめ》に問われ、頷《うなず》く。やっぱりバンド構成が特殊すぎるから一応運営元に問い合わせてみたんだけど、前回三人が行った形式のライブでもカテゴリーエラーにはならないとのこと。応募するデモも霧夢のイラストとライブ演奏を組み合わせた動画形式で大丈夫とお墨付《すみつ》きを頂いたので（それで有利にはならないと釘《くぎ》を刺されつつ）、ひとまずの懸念《けねん》は全《すべ》て解決した。

「よろしい。ならあとは、曲さえできれば優勝ね」

「どうやったらそこまで世の中ナメて生きられるのかしら……。もちろん、出るからには自分のベストを尽くすけど」

「貴龍《きりゅう》様の脳みそは普通の人とだいぶ造りが違うので、しかたないです。とにかく精一杯がんばりましょうね、くるみさん！」

「ちょっと。なんかもの凄《すご》く失礼なこと言ってない……？　どちらかというと柚葉《ゆずは》の方が特に」

優勝と霧夢の脳みそは別として。あとはひたすら曲作りについて考えれば予選の審査までたどり着けそうなのは事実だ。

もちろん、その曲作りにも悩ましい要素はたくさん控えているものの。

バンドのオリジナルという条件を満たすため、僕が直接曲を提供するわけにはいかない。いや、提供自体はリクエストがあれば喜んで頷くのだけど、アマチュアが作ったものとはいえ厳密にはカバー曲となってしまうのでそれだけじゃ規定を満たせないのだ。

つまり三人のうち誰《だれ》かに、もしくは共同作業で作詞作曲を成し遂《と》げてもらわなくてはならない。僕が関《かか》われるのは、あくまでサポートまで。

さて、どう進めていくべきか。潤《じゅん》たちのときと同じように鼻歌とコードの基本ルールを説明する、というのがすぐに浮かぶ案だけど、なんとなく霧夢から『めんどくさい！』と一蹴《いっしゅう》されてしまうような気もする。くるみなら理解も早そうだけど、霧夢自身が制作に深く関わりたがるのも想像がつくわけで。

加えて、こちらの三人はリヤン・ド・ファミユよりも圧倒的に『複数のパートを合わせた演奏』の経験が少ない。アレンジと練習まで含めると、基礎を一から積み上げていたら果たして締め切りに間に合うのかどうか。

と、すれば。前回とは違って理屈の部分を完全後回し。もっと感覚的、直感的な作曲方法を提案した方が正解か。

「よし。それじゃ、そろそろ曲作りについて考えてみよう。なにか具体的に、こういう雰囲気《ふんいき》の曲で挑みたいみたいな想像図って、もうあるのかな？」

「私はいきなり話聞かされたばかりだから当然何も考えてないわ」

「私も貴龍様に誘って頂いただけなので、特には……」

「言いだしっぺ、どうなの？」

尋《たず》ねるや、くるみと相ヶ江《あいがえ》さんは揃《そろ》って霧夢《きりゆめ》に視線を向ける。

「ふふふ。もっちろん考えてあるわよ」

すると、霧夢は自信ありげな笑みを浮かべながら腕組み。

「どんな感じかな？」

「当然、これでもかってくらいノリノリでハデハデなやつよ。コンテストなんて、目立ってなんぼでしょ」

おお、珍しく一理ある。いや珍しくは失礼か。とにかくその意見には僕も賛成だ。くるみと相ヶ江さんも『確かに』と頷《うなず》き合っている。

ただそうなると、くるみのピアノ一本による弾き語りアレンジ、という線は消えてしまうな。それが最も楽ではあったし、相ヶ江さんの歌唱力を思えば充分通用する可能性を感じるけど、一瞬《いっしゅん》で審査員さんの興味を惹《ひ》きつけるインパクトが必要、と考えるのはきっと戦略的に正しい。

……よし、決めた。

ここはあえて、僕自身も一緒に勉強させてもらうつもりで今まで試したことのない作曲方法を提案してみるか。

「じゃあ、ドラムとかも大きめに入ってる感じだよね」

「そうね。聴《き》いた瞬間に踊り出したくなるようなヤツ」

「でも貴龍《きりゅう》様、私たちドラムのメンバーがいませんよ」

「前みたいに打ち込みを使うしかないわよね、たくさん音を出すなら」

確信的に、くるみが呟《つぶや》く。うん、霧夢のコンセプトに応《こた》えるなら、最初のライブで試した形を発展させるのが良さそうだ。

「そうだね。それなら今回のオリジナル曲は、リズムトラックを打ち込みで作るところから始めてみるのがいいんじゃないかな。そこにくるみの鍵盤《けんばん》を乗せて、歌詞を付けたメロディを乗せて、ひとつずつ音を積み重ねていくイメージ」

いわゆる、テクノとかハウス、EDM《エレクトロ・ダンス・ミュージック》と呼ばれるようなジャンルの手法（コテコテではなく、もっとポップス寄りの歌モノにはなるだろうけど）。自分にとっても初チャレンジとなるものの、最近少しずつ打ち込みの勉強を進めていたところだし、きっとこのバンドにとってはベストな選択《せんたく》ではないだろうか。

「ぬ、貫井《ぬくい》くん。なんだか難しそうです」

「うん。もちろん簡単じゃないだろうけど、編成とか制作時間的なことも考えると他《ほか》の方法よりも大変になるわけでもないと思うんだ。コード感とかより『かっこいい音色《ねいろ》』を優先して作るやり方だから、音楽理論的なことをひとまず置いておいて、自分たちの耳で聴いてよく思えればそれが正解……みたいな感じで体当たり的に作業を進められるし」

理屈をわかっていた方が、最終的には効率がいい。けど、まずアンサンブルより音ありきで進めた方が答えの返ってくるスピードが断然速いはず。楽器の練習やバンドアレンジの経験がほとんどない状態でオリジナル曲作りに挑むなら、一見遠回りでもかえって路頭に迷う危険を減らせるのではないだろうか。

当然、最終的にはコード感を加えてメロディを乗せなければいけないけど、そこは神様仏様くるみ様、という方針でひとつ。

要は先に土台を固めて、あえて選択肢《せんたくし》を減らした状態で歌を導くメソッド。潤《じゅん》たちに曲作りをアドバイスしたとき、サビを仕上げて、コードを決めてからAメロBメロを作ったのと考え方は同じだ。あれを、今度は最初のとっかかりから行う。

「なるほど。つまり私のセンスを最大に活《い》かす作戦ね。さすがひびき、わかってるじゃない」

「まだ誰《だれ》もあんたにリズムのパートを作れなんて言ってないけどね……」

呆《あき》れ顔のくるみに微苦笑を向けつつ、その実リズムは霧夢《きりゆめ》に託《たく》すのが良《い》いかもしれないなと思案する。仮に三人で均等に作業分担するなら、必然的にくるみがメロディとコード担当だし、ボーカルである相ヶ江《あいがえ》さんが歌詞を書いた方が感情を込めやすいはず。じゃあ残るは……だ。

「ひとまず、実際に試してみようか。僕のDAW《音楽制作》ソフトを使って良いから、霧夢が手応《てごた》えを感じて、くるみと相ヶ江さんが任せるのに反対じゃなければ、リズム担当は霧夢ということで」

「じゃあ、作ってる最中はひびきの部屋に入り浸《びた》り⁉　やったわ！　完全にヨメ！　えへへ、ひびき。ず～～～っといっしょにいてあげるネ？」

「いや、今はフリーの音楽ソフトでもちゃんと曲を仕上げられるのがあるし、音色《ねいろ》が気に入らなかったらあとで差し替えればいいから、ほとんど自分の家で作業できるよ。ソフトのダウンロード方法とか、メールで送っておくね」

「…………………ひびきって、ほんっとオンナゴコロがわからないわよね」

否定はできないけど、今のはわざとスルーした。邪険《じやけん》に扱いたかったんじゃなくて、どう考えても小学五年生を部屋に入り浸らせたらマズいだろう。倫理的《りんりてき》に。

「お兄ちゃんの部屋に入り浸らないなら、私は構わないわ。言いだしっぺに雰囲気《ふんいき》を伝えてもらわないと、手伝いようがないし」

くるみとしても作曲のイニシアティブを握りたい感じではなさそうだし、どうやら想定した分担で綺麗《きれい》に収まるかな。あとは相ヶ江さんの希望次第だけど、表情からしてここまでの流れに不満はない様子だ。

「私もそれでいいです！　じゃあ私は歌詞を書きますね。えへへ、実は前からちょっとだけ、激しく愛憎《あいぞう》渦巻く系の創作に興味があったんですよぅ」

必ずしも激しく愛憎渦巻いている必要はないんだろうけど……特に問題ないか。渦巻いても。

「よし、それじゃ霧夢、早速トライしてみようか。ソフトを起動させるね」

三人それぞれに頷《うなず》きを返して、僕はノートパソコンを操作する。音楽ソフトの画面を立ち上げ、空《から》のトラックを新規作成。

打ち込みで使うのは『midi』と呼ばれるデータファイルだ。これがなんとも便利なしろもので、リズムと音程をプログラムしておけば音源を差し替えるだけでピアノの音をシンセサイザーにしたり、気に入らなければ戻したりできる。デジタルボーカルなんかも基礎の部分はこの仕組みで作成できる。

今回はドラムから入力するので、使うのも当然ドラム音源。打楽器みたいに音程感の薄《うす》い楽器は、例えば『ド』のところにスネアの音、『レ』のところにシンバルの音といった感じで、鍵盤《けんばん》の場所ごとに違う音色《ねいろ》があてがわれている（実際の並び方はもっと独特の規則性に基づいているけど）。

「この、画面の中の譜面を使って、音を打ち込んでいくんだ。縦の並びが音の種類。横の並びがリズム……音と音の間を、どれくらい開けるかっていう選択《せんたく》になる」

「どうやって選ぶの？　マウスでポチポチ？」

「それでもできるし、このパソコンに繋《つな》いだ鍵盤を使ってピアノを弾くみたいに打ち込むこともできるよ。といっても、リアルタイムで演奏するわけじゃないから実際に鍵盤楽器が弾けなくても人差し指一本で大丈夫《だいじょうぶ》。僕も鍵盤はぜんぜん弾けないけど、打ち込みはmidi用キーボードでやってるし」

余談ながら、打ち込みに使うキーボードは本格的な楽器と変わらないものから、手提《てさ》げ鞄《かばん》に入るような簡易版まで、大小様々なものが売られている。お値段も、機能によって様々。僕の部屋にあるのは鍵盤ハーモニカサイズのたいへんお安い一品だ。

「私はやっぱりマウスかしら。こっちの方が使い慣れてるし」

「うん、お任せします」

本当はmidiキーボードを使った方が慣れてくるに従って打ち込みスピードを速くできるのだけど、霧夢《きりゆめ》が自宅作業するときはきっとマウスを使うことになるだろうしな。今のところはそれで大丈夫だろう。

「よし、やるわよ。……で、どの音使うの？」

その音選びが最初の創作ポイント――と見せかけつつ、霧夢が目指しているであろうノリノリでダンサブルな音楽には絶対に入れるべき『常套《じょうとう》のフレーズ』というものが存在するので、まずはそこから取りかかるべきだろう。

「バスドラムにしよう。この位置の鍵盤を押してみて」

「これ？　ぽちっと」

霧夢の指の動きにシンクロして、モニタースピーカーから『どすん』とお腹《なか》に響《ひび》く重低音が鳴る。

「あっ、この音よく聴《き》いてる気がします」

「この前のライブでも鳴っていたわよね」

耳にして、はっと顔を持ち上げる相ヶ江《あいがえ》さんとくるみ。最近の音楽にはジャンルを問わずほぼ必ずこの音が使われているし、数ある打楽器の中でも聞こえやすい方の音なので、特に意識せずとも記憶《きおく》に刻まれていたのだろう。

「うん。もしこの音を入れないと低音がスカスカで物足りない感じになっちゃうから、絶対に欠かすことができないんだ。ノリノリな感じを出したいなら、バスドラムをいかにバランス良く持ち上げるかが大事になってくると思う」

「なるほど、確かにいかにも『低音！』って感じ。これを私の溢《あふ》れる才能に任せてガンガン打ち込んでいけばいいのね」

「いや、霧夢《きりゆめ》の溢れる才能はもう少し温存しておこう。この音は、特に難しく考えず規則的に鳴らした方がかえって良《い》いんだ。ほら、ここで横の並びがひとまとまりになってるでしょ？」

「ひとまとまり？　ああ、確かに線が太く書いてあるわね」

「この中に、バスドラムの音を四つ、頭から等間隔《とうかんかく》に打ち込んでみよう。ほら、こんな感じ」

説明に合わせて実践《じっせん》し、打ち込みが完了した部分をリピート再生で三人に聴《き》いてもらうことに。『どん、どん、どん、どん』という単調なリズムが、部屋の中で延々と鳴り続ける。

「お兄ちゃん。これって、よーするに手拍子するときと同じよね？」

「なんか、ぜんぜんヒネリがないわね。こんなのでいいの？」

「でも貴龍《きりゅう》様、まだ音楽ができていないのに聴いているだけでなんとなく身体《からだ》を動かしたくなってきますっ」

それぞれから、的確な反応。くるみの言った通り、ただ4／4拍子で手を叩《たた》くのとまったく同じ音並びだ。特に頭を使って作り込んだ要素など皆無《かいむ》。

　なのに、なぜか自然と気分が盛り上がってくるから音とリズムって面白い。

「これは『四つ打ち』って言われてて、ダンス系音楽で基本中の基本となるバスドラムの鳴らし方なんだ。他《ほか》の打楽器を工夫しつつ、このパターンだけはあえてセオリーから動かさないヒット曲が今も毎年生まれ続けてる。やっぱり規則正しいからこそ、すんなりリズムに乗って踊りやすいんじゃないかな」

「へー。じゃあこの、バスドラム？　これは『四つ打ち』が正解なのね」

「絶対に四つ打ちじゃなきゃダメってわけじゃなくて、他のリズムパターンも使ってまったく問題ないんだけど、ノリノリな感じを出したいのが目標なら初めて作る曲からあえて外さなくても良いかもしれないね」

　しばし、ループし続ける四つ打ちのバスドラに耳を傾ける霧夢。両眼を閉じ、右手を幽《かす》かに揺らす様子からすると、頭の中で絵を描《か》いているのかもしれない。音楽も含めた、完成させたいステージの明確なビジョンを。

「そうね、これでいく。でも、だいぶテンポ遅くない？　もっともっと速くしたいんだけど」

「了解。じゃあ次は大体の曲のテンポを決めちゃおう。ここに『ＢＰＭ』って書いてあるよね」

「うんうん、ＢＰＭ＝１２０」

「この数字が、曲の速さを決める値なんだ。１２０だと、四つ打ち一小節分でちょうど二秒」

「速くしたいなら、数字を増やせば良《い》いわけね」

「お兄ちゃん、この数字、メトロノームに書いてるのと同じ速さかしら？」

「同じ同じ。メトロノーム記号120とBPM120はいっしょのテンポになるよ」

ピアノやクラシックだとテンポを示すのに速度記号というのも使われるみたいで、くるみにとっては『アレグロ』とか『ヴィヴァーチェ』といった文字による表現の方がなじみ深いのかもしれないけれども、メトロノームでテンポを指定するケースもそれなりにあるのだろう。

「貴龍《きりゅう》様、テンポを上げてみましょう！」

「まかせて。じゃあまずはテキトーに150……くらいじゃあんまり速くないわね。180……もう一声？　200にすると……」

「200はかなりスピーディーですね。180くらいが、よく聴《き》く『速めの曲』という感じがします」

「どっちが良いかしら。ノリ重視なら、思い切って200？」

「とりあえず180くらいにしておいて、物足りなく感じたら改めて速くしたり、逆に遅くしたりしても問題ないよ。打ち込みの音だけなら、たくさん音を重ねた後でも自由にテンポを設定し直せるんだ」

ちなみに最近はアイドルソングなんかでも平気でテンポ240とか、それ以上の速さが使われたりもする。でも、霧夢《きりゆめ》の絵とシンクロさせることを考えれば今回は200くらいが上限かな、という印象だ。

「あ、なんだそうなの。だからひびき、さっき『大体の』って言ったんだ」

「うん。生楽器の場合、アマチュアの機材でテンポを後からいじるとどうしてもヘンな感じになっちゃうから、変えたくなったら録音からやり直しになるんだけど、この辺は打ち込みならではの強みだね」

好きなタイミングで、好きなところまで戻って部分修正できる。だから緻密《ちみつ》そうなイメージとは裏腹に、むしろコンピューターミュージックの方が生録音より手探りで作業を進めやすい面もあるのだった。

「じゃあ、テンポはとりあえず180！　速くしたくなったらまた後で変える、と」

「それで進めてみよう。次は、ドラムの音数をもっと増やしてちゃんとリズムパターンっぽくしてみようか。ひとまずいちばん基本の基本、必要最低限の音を僕が打ち込んでみるね。そこからもっと音を足したり逆に抜いたりして、かっこよく聞こえる、霧夢のイメージに近いリズムの固まりを探そう」

異論はなさそうだったので一時的にPCを返してもらい、まずハイハット——余韻《よいん》がほとんど無くてリズム感がわかりやすいシンバルの音を一小節に八回分配置。それからスネア（いわゆる小太鼓《こだいこ》の音）をバスドラムの二回目と四回目にシンクロさせてアクセントを強調する。この状態で、もう一度三人に音を聴いてもらった。

「ど、ち、た、ち、ど、ち、た、ち。……あー、確かにすごく『基本！』って感じ」

「これがいわゆる『エイトビート』のいちばんシンプルなリズムパターン。もしこのままでイメージ通りなら、別にあえて変化をつけなくてもいいんだけど」

「うーん、悪くはないけど、せめてもう一工夫欲しいわねえ。どうすれば良《い》いのかはさっぱりだけど」

得心《とくしん》したくるみに続き、霧夢《きりゆめ》が腕組みして考え込む。さて、いかにして進めるか。本当に手当たり次第、しっくりくるまで試行錯誤《さくご》するという手もあるにはあるものの、かなりの時間と根気が必要になる。

「お手本を何個か聴《き》いて、『これだ！』っていうのを参考にしてみよっか」

ひとまず今打ち込んだトラックは音が出ない設定にして、改めて別のトラックを作成。そこへ、音源にもともと付属しているサンプルの演奏データ——プリセットパターンを呼び出して直接耳で確かめてもらう。

「わあ、自分で打ち込みをしなくても、もともと完成しているデータがたくさん入ってるんですね」

「でも、これってそのまま使ったら、アレになるの？　パクリってやつに」

掌《てのひら》を合わせて感動する相ヶ江《あいがえ》さんと、素朴《そぼく》な疑問を浮かべるくるみ。

「もともとあるドラムのパターンを使うだけなら、盗作にはならないっていうのが暗黙の了解かな。だってもう、長い音楽の歴史の中で出尽くしちゃってるからねー、基本的なリズムのパターンなんて。先にやられたから使えないってことになったら、新しい曲がほとんど作れなくなっちゃうと思う」

全《すべ》ての模倣《もほう》を否《いな》としてしまったら、そもそも『ジャズ』とか『ボサノヴァ』といった、ジャンルの確立さえ起こり得なかった。というか、音楽を音楽として共有することさえ不可能だったはずだ。

まあ、ナイーブな部分ではあるんだけど。どこまでがジャンルの模倣で、どこからが盗作に当たるのか、明確な線引きがなされているわけではないから。個人的には、後ろめたさなく『マネしました』って言えるものなら大丈夫《だいじょうぶ》――と考えることにしている。

乱暴に言い換えると、日本語を喋《しゃべ》るのはもちろんＯＫ。会話に流行語を取り入れるのもＯＫ。でもテレビで見た漫才を、ほぼ同じ内容で『オリジナル』として発表したらＮＧ、という感じかな……？

「なら、自分で作らないでこのお手本を使うっていうのもアリなのね。……でも、それもなんか負けた気分ね～。やっぱり私の溢《あふ》れる才能をちゃんと混ぜ込みたいところだわ」

「うん、リズム自体はサンプルと同じでも、音色《ねいろ》を変えたり、強弱のつけ方を変えたり、違うパーカッションなんかを重ねたりすればオリジナリティはちゃんと出てくると思うよ。あとは途中――たとえばＡメロとサビでリズムを変えたりするのも、耳に残る曲を作るためには大事になってくるかも。パターン自体は出尽くしていても、その組み合わせなら無限大だし、面白いつなぎ方ができれば『おっ』と聴《き》く人に新鮮さを感じてもらえるはず」

「なるほど！　つまりは普段絵を描《か》いてるときと同じことを意識すればいいのね！」

「そう……なのかな？」

絵心がないので頷《うなず》くに頷ききれなかった。なんとなく、霧夢《きりゆめ》の言いたいことはわかるような気もしつつ。

「貫井《ぬくい》くん。貴龍《きりゆう》様の脳みそは普通の人と造りが違うので――」

「……柚葉《ゆずは》。いい加減怒るわよ。……とにかく！　まずはお手本をいろいろ聴いて、これだっていうパターンを見つければ良《い》いのね。そこに、私の迸《ほとばし》るセンスでアレンジを加えていくと」

「だね。一度に詰め込みすぎても混乱しちゃうだろうから、次の説明はリズムが決まってからかな。参考になりそうなフリー音源をいろいろメールで紹介しておくよ。それを家でじっくり聴き比べてもらうことにして、今日《きよう》のところはお開きにしよう」

頷いて、オリジナル曲作りの会議、第一回目の終了を打診する。時間的にも、ここが良い区切りだろう。

「待ってひびき。その前に、もう一つだけやっておかなくちゃいけないことがあるじゃない。どうしても、今日のうちにね」

と、思いきや。霧夢は会議続行を希望しているようだ。僕は構わないんだけど、みんな疲れてないかな？」

「そうよお兄ちゃん。大事な作業が残ったままだわ」

「私も同感です。このままではまだ終われません！」

少し心配になって表情を窺《うかが》うと、くるみと相ヶ江《あいがえ》さんからも力強いリクエストが。いや、リクエストというより、むしろ僕の方が何かを失念してしまっているみたいだけど……ダメだ、思い至らない。

「ええと、ごめん。何か忘れてたっけ？」

『私たちの、バンド名！』

「……あ、そうか！」

三人のユニゾンに、はっとして手を合わせる。前回のライブは急だったし無銘《むめい》のままで行ったけど、デモデータを送るなら確かにちゃんと名前を決めておいた方が良いだろう。

今後のモチベーションにもわりと影響《えいきょう》するだろうし、些細《ささい》なようでとても大事な議題に違いなかった。

「そうだね、うっかりしてたよ。じゃあ今日は最後にバンド名を決めて終了だね。何か候補、思いついてる？」

「はい！」「はい！」「はい！」

訊《き》いたが早いか、ほぼ同時に挙がる三人の右手。どうやら各自、温めてきたネタがあるようだ。どんな候補が出るのか、僕も楽しみになってきた。

「よし、発表してみて」

「龍《りゅう》の嫁入り」

「シスター・チルドレン」

「略奪愛《りゃくだつあい》」

…………………………。

どれが、誰《だれ》による提案かはあえて振り返るまい。

「全部、却下で」

どうせボツだし。

『えー!?』

溢《あふ》れる不満。溢れるのか、そうか。ということはみんな本気だったのか……。

「お兄ちゃん、全部はおかしいでしょ！　確かに龍の嫁入りは死んでも認められないけど。それに決まったらバンド辞めるけど」

「くるみさん。私としては、お土産屋《みやげや》さんで売っている贋物《にせもの》Tシャツみたいな名前もちょっと……」

「ねえ柚葉《ゆずは》。誰から、誰を略奪するつもり？　ちょーっとまた後で、ゆっくりお話ししましょうか？」

お互いが自分の提案名以外は許容しがたい感じだから、強引に押しきられる心配はなさそうだけど。

「みんな、聞いて欲しい。日本には昔から『名は体を表す』という格言がありまして。……ちゃんと表そうよ、体を」

「え、だから龍の――」「シスター――」「略奪――」

「三人の！　自分だけじゃなくて、三人の共通点を探さないと！」

大きめの声でツッコんでしまった後になって、その表現だと提案者個人の体は表しているみたいでいろいろマズいと気付いた。しかし悠長《ゆうちょう》に訂正が利《き》く場面でもなく。

「そんなこと言われても、私と小姑《こじゅうと》に共通点なんてあるわけないじゃない」

「そうですねぇ。くるみさんとはもうお友達のつもりですが、共通点と言われると、あまり思い浮かばないかもです。私と貴龍《きりゅう》様は、『龍』とか『ドラゴン』とか、出身地繋《つな》がりでいけそうですけど」

「……ドラゴン、ね。龍はなんかゴツすぎな感じだけど、ドラゴンなら認めても良《い》いわ。そうね、ドラゴン＋何か私っぽい単語とかなら、まあ……」

とりあえずわりと真面目《まじめ》な方向に話し合いの舵《かじ》が切られつつあるので、静観しよう。不本意ながら。

「小姑《こじゅうと》。貫井《ぬくい》小姑……。小姑って英語でなんて言うの？」

「今さらにもほどがあるけど、私の名前『くるみ』だからね。まさか本気で小姑が名前だと思ってないわよね？」

「ええと、くるみさんの名前を英語にすると……？」

ふむ、ここは検索エンジン様の出番か。胡桃《くるみ》、の英訳なら記憶《きおく》があったけれど、確認の意味もかねて僕はスマホを操作する。

「ウォルナット、だね。綴《つづ》りはWalnut」

「ドラゴンより長いじゃない、却下。小姑成分なんてもっとオマケっぽい感じで充分だわ」

「蹴《け》っ飛ばすわよ」

スッと立ち上がり、氷のような視線で霧夢《きりゆめ》を睨《にら》むくるみ。

「き、気持ちはわかるけど落ち着いて……！」

「く、くるみさん。ドラゴン・ウォルナットだとなんだか男らしすぎる感じがしますし……！」

慌《あわ》てて相ヶ江《あいがえ》さんと共に間へ入って制止。ふむ、霧夢の暴言は置いておいて、相ヶ江さんの言う通りもう少しキュート要素を追求した方が、このバンドの名前には相応《ふさわ》しい気もする。

「……まあ。確かにウォルナットを使って欲しいわけではないけど」

「あ、わかった。『胡桃』って要するにアレでしょ。木の実でしょ。つまりナッツ。ナッツで良《い》いじゃない」

「今度はお茶請《う》け扱い……？　よほど私と一戦交えなきゃ気が済まないようね……!?」

「………でも、くるみさん。なんだかけっこうかっこいい感じじゃないですか？『ドラゴン・ナッツ』って」

「うん、そうだね。……僕も同感かも」

ドラゴン・ナッツ。Dragon Nuts。

どう綴っても可愛《かわい》らしさと溢《あふ》れる個性が同居した、この三人を的確に表す名になるような気がする。

「……ん。これは、不覚。言われてみれば、意外と良い感じだわ」

自らメモ帳にその名を記し、じっと見つめながら『むむ……』と唸《うな》るくるみ。

「私の才能をちろーっと動員すればこんなもんよ。小姑要素をちゃんと入れてあげたことに感謝しなさいよね？」

「……どうしよう。こいつの言いなりになるのは死ぬほどシャクなんだけど、困ったことにわりと気に入っちゃったわ」

「くるみさんさえ良ければ、私はドラゴン・ナッツに一票です！」

相ヶ江さんがぱんと手を叩《たた》いて後押しする。もちろん僕も今度はなんの異論反論もない。

「いいわよね、決定で？　じゃあ――」

「待って！　……名前はこれでいい。いいけど、私が『オマケ』なんかじゃないことをはっきりさせておかないと。だから、書き方はこうしましょ」

そう言って、くるみは紙上のバンド名にちょっとした加筆をする。

――Dragon ≑ Nuts。

「なにこれ？」

「ほとんど同じ、という意味の記号だったと思います。なるほど。私たちとくるみさん、どっちも大事ということですね！　いいと思います！」

「細かいわねー。まさに小姑《こじゅうと》」

「ずっと注意し損ねてたけど、小姑呼ばわり止《や》めなさいって何回言えばわかるの！　そして細かくないから！　悪いけど、オマケ扱いするなら今後一切バンドには協力しないわ。だからとりあえず私がオマケじゃないっていう証明に、この書き方を認めて」

少し雰囲気《ふんいき》を改め、強く真剣な瞳《ひとみ》を霧夢《きりゆめ》に向けるくるみ。

「…………わかった、わかったわよ。書き方はこれで良《い》い。認める」

気配から感じるものがあったのか、霧夢もそれ以上は混ぜっ返さずにくるみの主張を真摯《しんし》に受け止めた。

いろいろ軽口を漏《も》らしつつも、内心では既《すで》に確信していたのだろう。

このバンドでコンテストに挑むなら、くるみの力が絶対に必要不可欠であると。

「決まり、かな？　『Dragon≠Nuts』。うん、すごく良いと思う」

笑みを向ければ、三人から静かな、でも自信に満ちた頷《うなず》きが返ってきた。

まだ、越えるべき壁《かべ》はたくさんある。だとしても、くるみ、霧夢、相ヶ江《あいがえ》さん。全員の才覚が最高の形で融合《ゆうごう》すれば。僕なんかではとても想像のつかない、斬新《ざんしん》な音像の世界が形になるはず。

不安もゼロではないけれど、圧倒的に楽しみに思う気持ちの方が強かった。


♪


霧夢のバンド――もとい、『Dragon≠Nuts』と活動を共にしつつ、言わずもがな『リヤン・ド・ファミユ』との共同作業も絶対に疎《おろそ》かにしない。後からいろいろ手を出してしまったのだから尚更《なおさら》、『本業』に支障をきたすことは最大の禁忌《きんき》となる。

「Lien-de-Famille。どう？　やっぱりこの書き方がいちばんかっこいいわ」

「わにゃ。かっこいいけど、やっぱりどこかで見たことある感じがするよ、これ……」

「はむ。わたしたちも、『ねおゆにばーす』やる？」

なお現在三人は練習の休憩中《きゅうけいちゅう》で、バンド名の記述形式について熱い議論を交わしている。

どうやら『Dragon≠Nuts』の文字面《もじづら》が想像以上に魅力的《みりょくてき》で、刺激を受け対抗心を燃やしてしまったらしい。

うむ、どんな要素でも切磋琢磨《せっさたくま》してクオリティアップを目指すのは良《い》いことだろう。……たぶん。

「気にしすぎよー。フランス語の時点で似ちゃうでしょ、どうしても」

「そうかもしれないけど、もう少し案を出してみたいかなぁ……。あっ、もう休憩《きゅうけい》終わりだね」

「練習さいかい」

いろいろ意見は出たが、決定打に至らず結論は保留となったようだ。僕が促《うなが》すまでもなく、時計を見て自主的に楽器を手に取る三人に改めて頼もしさを感じる。

「よし、後半戦を始めようか」

「わかったわ。……ところで響《きょう》、希美《のぞみ》たちはまだ何もしなくていいの？　デモデータ作りに向けて」

頷《うなず》いて僕も立ち上がると、希美から少し心配げな声が届けられた。フェスへの応募が決まった後も、特段メニューに変化がないことを疑問に感じている様子だ。潤《じゅん》とそらも言葉には出さないが、やっぱり気になっていたのかこちらにそっと上目遣《うわめづか》いを向ける。

「うん。三人の場合、ライブレコーディングならギリギリまで練習を重ねてベストテイクを送ればそれでいいんじゃないかな。曲も『スタートライン！』があるし」

もし、ちゃんとしたスタジオテイクの音源を作らなきゃいけないとしたら、またいろいろレコーディングの方法なんかも伝える必要があったろうけど、『ライブ演奏の一次審査』という目的から考えれば、録音の上手《うま》さ、音質の良さは評価の対象に含まれないはず（とはいえあまりにも印象が悪くなるような悪音源にはできないから、そこは僕のがんばりどころだけど）。

「わにゃ、でも響さん。『スタートライン！』はそんなに盛り上がる曲じゃないけど大丈夫《だいじょうぶ》でしょうか？　小梅《こうめ》ちゃんたちは『はでいはで』なのを作る予定なんですよね？」

「うーん、心配するほど盛り上がらないわけじゃないと思うわよ。『めっちゃノリノリ！』っていう感じとは違うかもだけど」

「はむ。ほんわかとのりのりの、間くらい。……ほんのり？」

僕も希美とそらの意見に賛成かな。踊りたくなる曲調ではなくても、決して地味な印象はないし、コンテストで埋もれてしまう心配はしなくて良いと思う。素人《しろうと》考えではあるけど。

「大丈夫だよ潤、自信を持って仕上げていこう。……あ、でももちろん、別の曲を作ってどっちが向いているかみんなで決めても良いんだけど。時間的にはまだまだ余裕があるし」

「ふむ、それもアリといえばアリよね。結局『スタートライン！』で応募することになっても、曲が増えて損はしないし」

「わたしも、作曲はしてみたいかも」

潤の不安を否定しつつ、さらなるチャレンジも歓迎であることを伝えると、みんな前向きに発案を受け止めてくれた。

「じゃあこうしましょう。練習時間は、このまま今までの曲をもっと上手《うま》く演奏できるようにがんばる。新しい曲は宿題にして、もし思いついたらみんなに発表！」

「さんせい。それなら、響《きょう》にーもたいへんじゃない」

「えへへ、次はぞみとくーちゃんの自由研究だねっ。すごく楽しみ」

人差し指を耳の横に掲げてリーダーシップをとってくれる希美《のぞみ》に、力強く同意する二人。僕なら全然負担じゃないからそこを心配させてしまったのは失敗だったな。

「ほんのちょっとしたアイデアが一曲に膨《ふく》らむこともよくあるし、何か思いついたら遠慮《えんりょ》せず聴《き》かせてね。僕もすごく楽しみにしてるから」

改めてサポートを約束し、方針通り既存曲《きそんきょく》の練習に入る。

リヤン・ド・ファミユに関しては、期日までなんら不安なく順調に作業を進められるだろうという確かな予感があった。


♪


さらに順位をつけるなら、クラス展示に向けての作業も見通しの明るさで上位に入ってくるかもしれない。これは嬉《うれ》しい誤算だ。

「なんかさ、一箇所《かしょ》くらい超ムズいの入れたいよね。それはわかんねーよ！　的な」

「なら自分で考えてネタ出して」

といっても、ひとえに石動《いするぎ》さんと水野《みずの》さんが次から次へと面白いアイデアを提供してくれているおかげなんだけど。

展示の内容は、教室を二分割して行う『原寸大間違い探し』に決まった。ちょうど今日《きょう》、ログホームルームでみんなに伺《うかが》いを立ててみたところ、それで構わないとお墨付《すみつ》きを頂けたので、いよいよ具体的なプランニングに取りかかれる。

「さすがだよね、二人とも。この企画なら当日までに準備しておけばほとんど人員いらないし」

「くくく、楽するための努力なら任せなさい。賞品用のカンパもできることになったから、あとは一人係員さえ置いておけばなんとかなるっしょ～」

「みんな、手を貸してなくて後ろめたいから小銭の紐《ひも》はユルユル。これも狙《ねら》い通り。それより貫井《ぬくい》君もネタ出し」

「あっ、うん。ごめんごめん」

軽く怒られてしまったので感心はひとまず胸の内に収納し、僕も間違い探しをどう仕込むかについて再び考え込む。

さて、何かないかな。小さな子どもでもわかるような取っつきやすさを見せつつ、賞品がすぐなくなってしまわないよう少し難易度高めな要素も両立させる必要があるから、じっくり問題を吟味《ぎんみ》しないと。

「ま、こっちはどうとでもなるっしょ。だからそろそろ演劇の方も内容固めていきたいところだけど」

「……桜花《さくら》から、やっぱりまだ良《い》い返事は？」

「思っていた以上に頑《かたく》な。もう少しくらいとりつく島があるかと甘く見ていたから意外」

幽《かす》かに溜息《ためいき》を漏《も》らす水野《みずの》さん。どうやら進展に至る気配すら今のところないようだ。

言葉にしがたい後ろめたさというか、罪悪感というか。そんな感情が浮かぶ。

もし、僕と桜花の間がこんなにぎくしゃくする前だったら、また反応は変わっていたのだろうか。今、桜花が拒んでいるのは、単純に僕と時間を共有することを避けているからかも。自意識過剰《かじょう》かもしれない。だとしても、この現状を二人にまったく話さないまま協力関係を築いてしまった事実が、どうにも詐欺《さぎ》を働いている感じがして心苦しい気持ちを抱《いだ》かずにはいられないのだった。

とはいえ、じゃあ何をどう伝えておくのが『仁義』だったのか。僕の口から説明しようとすると、桜花の内心を憶測《おくそく》で、しかも自分に都合良く解釈して語ることを避けられない。

結局、わかってないのが最大の問題だった。未《いま》だ、桜花が何を考えているのか。

「僕からも、少しスカウトしてみようか？」

「気持ちは嬉《うれ》しいけど、貫井《ぬくい》っちの場合『やらない』って言われた時点でもうお手上げでしょ、どーせ。あんま効果なさそう系？」

「う……」

図星過ぎて落ち込む。人を説得したり、頼み事をしたりするのが現状でいちばん苦手なスキルかもしれない。それを知ることができたのも、ある意味人生経験か。

「でも、さらに協力してくれるなら有《あ》り難《がた》い。貫井君の力を借りれば、もう少し『仕掛け』られるかも」

「そうなの？　うん、ぜひ手伝わせて！　なんでもしますから！」

『ん？　今なんでもするって言ったよね？』

まるで予《あらかじ》め用意されていたかのような台詞《せりふ》で二人は声を揃《そろ》え、キラリと双眸《そうぼう》を光らせた。

あ、あれ。何か、気付かずによくないモノを踏んでしまったような……？

「どーするよみずっち。どの辺から試す？」

「中途半端《はんぱ》じゃ手ぬるい。派手に揺さぶる」

戸惑う僕をよそに、小声で相談を始める二人。

い、一体何をすることになるんだ。軽率な発言をしてしまったかな……。いや、でも僕だけ傍観者《ぼうかんしゃ》を気どるわけにもいかなかったし。

身構え、背筋を硬直させていると、水野さんがおもむろに羽織っていたサマーニットを脱ぎ捨てる。そして椅子《いす》から腰を上げ、僕の正面で跪《ひざまず》いて両手を背中の後ろで組んだ。

「え、ええと？」

「よし貫井《ぬくい》。水野《みずの》のムネを揉《も》みしだいていいぞ」

「え……えええええ⁉」

な、何を考えてるんだこの二人は～⁉

「サイズには自信がある」

「お互い初めてか？　力抜けよ」

混乱の極みに達する僕を無視する形で、石動《いするぎ》さんが背後に陣取って退路を断ち、水野さんはさらに一歩前に出て距離を詰める。

い、言われてみれば水野さん、細身の身体《からだ》に似合わずかなりふくよか――もしかすると桜花《さくら》より……っていかん⁉　うっかり視線を向けてしまった！

「ちょ、ちょっ……待っ……そんなのダメに決まって……」

邪念《じやねん》を振り払い、必死に異議を表明しようとするが、あまりにも自分と縁遠いシチュエーションに上手《うま》く口が回らない。

コワイ！　じょしこーせーコワイ！

い、一体この窮地《きゆうち》、どうすれば穏便《おんびん》に脱することが――


――ガラッ。

「……ちょっとっ！」

「え？」

まさに壁《かべ》ぎわの鼠《ねずみ》と化してしまっていたそのとき、廊下側の戸が勢いよく開く音。ハッとして顔を向ければ、怒りで顔を真《ま》っ赤《か》にした桜花とまさかの対面を果たしてしまう。

「さ、桜花!? た、助けて！」

「何が助けてよ！　この……どすけべっ！」

「あいた!?」

「響《きょう》のあほー！　もう知るかー！」

藁《わら》をも摑《つか》む思いで叫んだ僕の額《ひたい》に、何かがクリーンヒット。反射的に目を瞑《つぶ》ってしまったその次の瞬間《しゅんかん》にはもう、桜花は全力疾走《しっそう》で視界からフレームアウトしかけていた。

「……なにこれ？　桜花、何投げたの？」

「魚のオモチャ？」

「…………あ。サイレントアサシンだ」

呆然《ぼうぜん》と、床に転がったプラスチック製の物体を見つめる。ルアーだった。フローティングミノーだった。

「見た目の割に物騒《ぶっそう》な名前だな、この小魚」

まあ、針が外してあるし、メタルジグ（鉛《なまり》の塊《かたまり》）でないだけ手心を加えてもらえたという解釈も可能ではある。

いや、そういう問題でもないな。

「ど、どうするのさ……。ますます状況悪くなっちゃったよ……？」

「そうでもない。居《い》るかなと思って揺さぶってみたら、やっぱり居た」

「気にしてるのは間違いないね。無関心を貫《つらぬ》けないRPG？」

意味がわからない。

……でも、言われてみれば桜花《さくら》がまた様子を窺《うかが》いに来てくれていたという事実は、希望でもあるのだろうか。

どすけべ認定されても、なお。……うーん、甚《はなは》だ怪しい。というかヘコむ。

「ちなみにだけど、もし僕が本当にコトに及ぼうとしていたら？」

「膝蹴《ひざけ》った」

「肘《ひじ》打った」

そんなことだろうと思った。あらゆる意味でやられ損じゃないか。ひどい。

「桜花になんて謝ったらいいんだ……」

「謝る必要はない。やましい気持ちがないなら」

「そうだぞ貫井《ぬくい》っち。アメリカ人は逃げ道が完全になくなるまでソーリーって言わないらしいぞ。訴訟《そしょう》大国だから」

「そういう問題かなぁ」

「とにかく、さっきので考えていた攻め口がやっぱり有効だと確信した。今後も積極的に揺さぶっていく」

「これからの活動、朝とか休み時間とかをもう少し有効に使おっか。その方が桜花に疎外感《そがいかん》を味わわせられるし」

うーん、それが進展に繋《つな》がるとはどうしても思えない。二人の思惑《おもわく》はいつまでたっても理解できないままだ。

さておき、展示の準備を放課後以外に充《あ》てることは無条件で賛成だった。バンドや楽曲制作と折り合いがつくし、二人も演劇の準備に集中しやすくなるだろうから。

あとは、桜花の気持ちをちゃんと理解できるように努めるばかりか。

それが、今いちばんの困難ではあるのだけど。


♪


石動《いするぎ》さんたちとの活動を切り上げ帰宅し、次なる課題はDragon≠Nutsとの曲作り第二回目。

うーん、我ながらめまぐるしい。

ただ、このめまぐるしさに救われている部分がなきにしもあらず、といった印象もある。答えの出せないことで悩み続ける時間を作らずに済んでいるという意味で。

「どうかな、霧夢《きりゆめ》？　土台にしたいリズム、見つかった？」

「ふっ、愚問《ぐもん》だわね。さあ、これを聴《き》いておののくが良《い》いわ！」

自信たっぷりに、メモリーカードを手渡してくれる霧夢。期待感を隠さず、自分の音楽ソフトに読み込んでループ再生してみる。音色《ねいろ》が変わっちゃうだろうけど、まだサウンドを作り込む前なのでひとまずは打ち込みのパターンだけしっかり確認させてもらおう。

「…………おお！」

「かっこいいですよね貫井《ぬくい》くん！　私も、さすが貴龍《きりゅう》様だなって感動しました！」

「う。悔《くや》しいけど、これは良い感じだと認めざるを得ないわ……」

なるほど、ちゃんと四つ打ちをベースにしたまま、実に気持ちよくシンバルとスネアが絡《から》み合ってグルーヴを生んでいる。ほんと、僕の周りにはセンス溢《あふ》れる小学生ばかりだ。

「文句のつけようがないよ。すごいね霧夢」

「絵を描《か》くのと似てるわ、打ち込みって。要は自分の中にあるボヤッとした完成図を、他《ほか》の人にも伝わるように置き換える作業だもの」

そういう捉《とら》え方もできるのだなあ。僕には霧夢の言葉の意図を正しく理解できてないのだろうけど、それでもなんとなく説得力を感じずにはいられなかった。

「よし、じゃあ次はこのリズムと噛《か》み合うベースラインを考えよう」

「ベースって、たしかちんちくりんズの生意気担当が弾いてるアレよね？　……なんか、アレには考えつかないような特別な感じにしたいわ」

希美《のぞみ》が聞いたら怒りそうだな……。

ただ、対抗心はさておき、ベースも打ち込みにする以上生《なま》っぽい音を意識するよりこのバンドの個性的な編成を活《い》かす方向で考えた方が面白くはあるかも。

「特別、とまでは言えないかもだけど。リヤン・ド・ファミユと差別化するなら、音とフレーズを思いっきりシンセベース寄りにしてみようか」

「シンセベース？　お兄ちゃん、なにそれ？」

「すっごくかいつまんで言うと、弦楽器《げんがっき》っぽさをわざと抜いた、あえていかにも『打ち込み！』っていう雰囲気《ふんいき》の音とリズム……かな？　それはそれで、独特のかっこよさがあるんだ」

相も変わらず雑極まりない説明だけど、小難しくならないように最低限のニュアンスだけ伝える方針を継続。

「うーん……。ちょっとイメージがつかめないです」

でも、さすがにちょっと言葉足らずだったようだ。あご先に指を添え、天井を見上げる相ケ《あいが》江《え》さん。

何か、良い例とかないかな……あ！　あるじゃないか、絶好の曲が。

「この前みんなが演奏したラルクの『NEO UNIVERSE』。あの曲をもう一度聴くとわかりやすいかも」

ぽんと手を叩《たた》き、iTunesを起動。わざとイコライザで低音を強調してから、みんなに曲を聴《き》いてもらう。

「一番のAメロのところが聞き取りやすいかな。この、ぐるぐるうねっているような低音、これがシンセベース」

「ああ、このパートがそうなのね。言われてみれば、確かにリヤン・ド・ファミユの曲にはこういう音って入ってないわ」

頷《うなず》いてくれたくるみだけではなく、霧夢《きりゆめ》も相ヶ江《あいがえ》さんも音の在処《ありか》を把握《はあく》してくれた様子。肩でリズムを取りながら、真剣に耳を傾け続けている。

「ラルクさん、ベースのメンバーさんがいるのにこういう音も使うんですね」

「そこがラルクのすごいところで、常にいろんな音を柔軟に取り入れているから、手がけた曲のバリエーションがめちゃめちゃ豊富なんだ」

プロのバンド数多しといえど、何が飛び出てくるかわからないわくわく感は邦楽だとL'Arc-en-Cielが随一《ずいいち》だと思う。

「……で、この曲はここからもっと面白くなる。ほら、Bメロでシンセベースより少しだけ高い音の、もう一つのベースの音が入ってくるんだ」

「あ、聞こえた聞こえた！　こっちはシンセベースよりメロディアスで、滑《なめ》らかな感じ。もしかして、これは生《なま》のベースの音？」

「そうっぽいわね。ここ、この前は私がピアノで弾いたパートだけど、なんとなく希美《のぞみ》が普段弾いている音に似ているなとは思っていたの」

「ご名答。シンセベースと生ベースの絡《から》み合いが、この曲のかっこよさの大きな要素になっているよね」

ほー、と感心を満面に現して溜息《ためいき》を漏《も》らす三人。こうやって音をアナライズしながら曲を聴くとまた違った魅力《みりょく》に気付けたりして感動が深まるし、プロのミュージシャンが一曲にどれほどの心血を注いでいるか垣間《かいま》見えて尊《とうと》さに震《ふる》えてしまう。

ちなみにラルクだと、『CHASE』という曲もシンセベースと生ベースの融合《ゆうごう》がめちゃめちゃかっこいい。ただ、こちらは『NEO UNIVERSE』よりさらにベース音が渾然一体《こんぜんいったい》と化しているから、聴き分けるのがなかなかに難しいけれども。

「ふむふむ、理解したわ。じゃあ私たちは、シンセベースの方を使って曲作りすればオリジナルな感じが出せるのね」

「そうだね。生演奏とはひと味違った疾走感《しっそうかん》とか、ノリが出せると思う。よし、ドラムの次は、シンセベースを打ち込んで音を重ねてみようか。霧夢の頭に思い浮かんだ音を手探りで一小節か二小節分くらい見つけて、それをループさせれば基本のリズムパターンが形になるはず」

「了解！　あ……でも、ベースはドラムと違って音程も決めなきゃダメよね、さっき聴いた感じだと。それって、やっぱりルールとかあるんでしょ？」

「うん、あるけどメロディとしては最初に入れる音だから他《ほか》とぶつかる心配はないし。ひとまず感性のおもむくままでいいんじゃないかな。かっこよく聞こえるフレーズなら、理屈は後からついてくるよ」

「後から、ですか？　理屈なのに理屈っぽくないです」

不思議そうな相ヶ江《あいがえ》さんに、首肯《しゅこう》して補足する。

「そもそも音楽理論って、『どうしてこの音の並びだと気持ちよく聞こえるんだろう？』っていう後付けでできたものだから。そういう法則が見つかる前から音楽は奏《かな》でられていたわけだし、勉強しなきゃ曲が完成しないわけではないんだ」

音楽理論を知らずに作って困る最大の要素は『なんでこれで良《い》いのかわからないから、再現性がない』ところじゃないだろうか。つまり、出たとこ勝負で作曲するだけなら、知識がなくてもなんとかなる。

この前、潤《じゅん》たちに教えたときと矛盾《むじゅん》している感じがするかもしれないけど、まず『やってみる』敷居《しきい》の低さ、というのを重視するのも良いと思ったのだ。

「それに、もしどうしても他の楽器と合わなければ、改めて音をいじれば大丈夫《だいじょうぶ》だし」

「ああ、そうよね。いつでも直せるから、最初からあんまり堅く考えなくても良いんだ」

霧夢《きりゆめ》が前回の説明を思い出して納得《なっとく》する。実際、今回は打ち込み主導だから——というのも

『走り出してから考える』メソッドに踏み切れた理由として大きい。

「わかったわ。ひとまずいろいろ試してみる。ほんでめんどくさいことは小姑《こじゅうと》に押し付けると」

「ちょっと、あんまり滅茶苦茶《めちゃくちゃ》なのは勘弁《かんべん》してよね。あと小姑って言うな！」

くるみに頼りすぎるのは別問題として、まずは霧夢の自由な発想でトライ&エラーしてもらおう。みんなから了解が得られたようなので、僕は打ち込み用のキーボードを差し出した。

「この作業は実際に音を聴《き》きながらじゃないと二度手間になるし、マウスじゃなくて鍵盤《けんばん》を使おう。リアルタイムで演奏を録音するわけじゃないから気楽に試してみて。いろんなところを押して何度も音を確認していくうちに、霧夢のイメージに近い並びが見つかるはず」

「了解了解♪　他に何か気をつけることとかないの？」

「そうだな……。やっぱり、最初に打ち込んだバスドラムの四つ打ちがリズムの基本になるから、そことケンカしないようにシンクロさせることを意識した方が良いかも。あとは、休符もリズムというか、グルーヴ感を作るポイントになるって覚えておいて。音数は増やすだけじゃなく、あえて減らす方が良いときもあるよ」

「ああ、それも絵と同じなのね。描《か》き込みすぎが絶対に正解じゃない、と」

楽曲制作は初めてでも、霧夢はイラストで培《つちか》った感覚があるから、抽象的な言葉も届きやすいみたいだ。

それ以上に、持ち前の自信。きっとできる、だからやるというモチベーションが、恐らくはいちばんの武器だろう。

僕も見習わなければ、と思うことがたくさんだった。まずは自分を信じてトライしてみる。踏み出さなければ、絶対に成功は得られない。だから失敗を恐れない。

道に迷ったら、小学生を見つめよう。それできっと、在《あ》るべき場所に還《かえ》ってこられる。

ここからはしばし、待ちの時間。音の長さを変えるにはどうすれば良《い》いのかとか、違った音《ね》色《いろ》を試してみたいというリクエストに応《こた》えたりして、ソフトの操作方法を教えつつ霧夢《きりゆめ》の試行錯誤《さくご》を見守る。

そして。

「……どう？　ふふふ。弘法《こうぼう》、他人のふんどしで相撲《すもう》を取るとはまさにこのことね」

『…………………』

自信たっぷりに霧夢が再生した短いループに身を任せながら、僕とくるみと相ヶ江《あいがえ》さんは妙な混ざり方をしている格言にツッコミを入れるのも忘れたまま、しばし呆然《ぼうぜん》としてしまった。

「あの、霧夢。実はこういうジャンルの音楽、普段からよく聴《き》いていたり？」

正直、驚《おどろ》いた。まだ二小節だけとはいえ、まさかここまで『それっぽい』リズムパターンを生み出してしまうとは。

「んー、そうね。一番よく聴くのはひびきの曲だけど、歌が入ってない音楽の方が絵を描《か》くとき集中できる日もあるから、ゲームのサントラとかも作業中はけっこう流してるわ。これはね、

ＲＰＧのボス戦のイメージ。かっこいいでしょ？」

なるほど、ＲＰＧのボス戦。そう言われてみれば僕にも霧夢の脳内に描《えが》かれている世界観がビジョンとして感じられた。

「すごく良いと思う。……ちょっと、自信なくしちゃうな。みんな、才能の固まりで。あはは」

潤《じゅん》たちも含め、初めての作曲でこんな輝きの片鱗《へんりん》を導き出す小学生の力に、圧倒されてしまったり。わかってはいたけど、自分の凡才を思い知らされる。

「お、お兄ちゃん！　落ち込むことなんてないわ！　確かにちょっとびっくりしたけど、一番聴いているのはお兄ちゃんの曲ってことなんだから、これはお兄ちゃんの影響《えいきょう》でできたものに違いないもの。きっとお兄ちゃんにバレないようこっそりパクったのよ！」

「だ、大丈夫《だいじょうぶ》です貫井《ぬくい》くん、何度も言いますが貴《き》龍《りゅう》様は脳みそが……なので常識が通じませんから！」

「あんたら……。才能に嫉妬《しっと》するのは良いけど言葉に気をつけなさい、ほんとに」

あ。いけない、心配をかけてしまった。衝撃《しょうげき》を受けたのは間違いないものの、本気でうちひしがれていたわけではないのだ。意識的に明るい表情を取り戻し、改めて霧夢に賛辞を届けることにする。

「ごめん、さっきのは冗談。いや、すごいなって思ったのは事実なんだけど、なにより嬉《うれ》しいよ。霧夢の違う才能を見ることができて」

「うんうん、それでこそひびき。それに、ひびきから影響《えいきょう》を受けてるのも間違いないわよ、絶対に。パクってはないけどね！」

もちろん盗作なんて疑っていない。そもそも、こういうタイプの曲はアップロードしたことがないし。

「ありがとう、そう言ってもらえたらもっと嬉《うれ》しくなる。……よし、本題に戻ろうか。今できた部分がサビになるのか、それともAメロとかイントロになるのかはまだわからないけど、途中でどこかリズムに変化をつけた方がいいと思うんだ」

「なるほど。なら、別のパターンも考えるべきなのね。……う～ん、ていっても、どういじればいいのかしら」

腕を組み、考え込む霧夢《きりゆめ》。そうだな、この部分のクオリティが素晴らしいからなおさら『微妙に変化をつける』というのはイメージが難しいかもしれない。

ならば、全体の構成を考えるより先に、今ある二小節をもっと作り込んで曲調を明確にする作業を優先すべきか。

「それとも、ここに音を重ねて膨《ふく》らませてから他《ほか》のパートにとりかかる？　そっちでも全然アリだよ」

「あ、その方が良《い》いかも。次に足すとしたら、なに？」

「コード感と仮のメロディを入れちゃってもいいところまで来てるかな。リズム楽器じゃなくて、鍵盤《けんばん》とか、弦楽器《げんがっき》とか」

「つまり私の出番ね。待ちわびたわ」

胸元に手を置き、静かにクッションから腰を上げるくるみ。霧夢の才能に感化されて、かなりモチベーションが高まっている様子だ。うん、だったらなおさら、ここで主導権を渡してあげた方が良さそうだ。

「それじゃ、私は休憩《きゅうけい》っと。がんばりなさいよね。台無しにしたら容赦《ようしゃ》なくボツよ」

「死んでもあんたを納得《なっとく》させてみせるから。お兄ちゃん、私のキーボード、録音に使える？」

「うん、もちろん。ちゃんと繋《つな》いでそのままの音を記録できるよ」

「よかった、取ってくる！」

やる気満々に、くるみは一旦《いったん》自分の部屋へ戻っていく。やっぱり一丸となって共同作業に勤《いそ》しむ姿を見ていると微笑《ほほえ》ましい気持ちになってくるなぁ。小学生なら誰《だれ》でも良いのか、と糾《きゅう》弾《だん》されたら言葉に詰まってしまう部分もあるけれど。

もちろん誰でも良いわけじゃない。僕が交わりたい小学生は、あくまで六人だ。それも大概《たいがい》贅沢《ぜいたく》な話ではあるものの。

「ふふっ。くるみさんと貴龍《きりゅう》様、だんだん打ち解けてきている感じがします」

「え、どこが？」

感慨《かんがい》深そうに息を漏《も》らす相ヶ江《あいがえ》さんに、霧夢は眉《まゆ》をひそめて怪訝《けげん》さを満面に表していたけど、僕としても相ヶ江《あいがえ》さんに同感だった。まだ刺々《とげとげ》しさは残っているけど、張り詰めた空気を感じることはだいぶ少なくなったように思う。

やっぱりバンド活動を続けていくうちに、互いの才能を認め合う瞬間《しゅんかん》が増えたのだろう。自分自身音楽に救われた人間だから、共通の目的によって絆《きずな》を深めていく姿に喜びが膨《ふく》らむ。

「はぁ……はぁ……！　お兄ちゃん、お願い！　挿《い》れて！」

「まかせて」

帰還《きかん》するや、くるみが息を弾《はず》ませながら差し出した穴に、硬く尖《とが》った先端を挿入《そうにゅう》。

よし、これでプラグを介してキーボードとＰＣが繋《つな》がった。

「大丈夫《だいじょうぶ》なの？　ちゃんとできそう？」

「あまり私をナメない方がいいわ。こういうときに備えてこっそりアンサンブルの勉きょ……こほん！　あんた以上に音楽の才能は冴《さ》え渡っているから！　貫井《ぬくい》家の血でね！」

霧夢《きりゆめ》が不安そうに画面を覗《のぞ》き込むと、くるみは静かに自信を燃やして微笑《ほほえ》む。どうやらできるだけ努力の形跡は見せたくないようだけど、実は最近『あの曲のあの部分って何の楽器の音？』みたいな質問をしてもらえることが増えたんだよな。主にお風呂で。

確かに、いきなりすごいモノが飛び出てくる天賦《てんぷ》の才に憧《あこが》れる気持ちは僕もよくわかる。

でも、もし仮に『貫井家の血の力』というものが存在するなら、それは躓《つまず》きながらでも執念深くしがみつく、諦《あきら》めの悪さに特化したパラメーターだろう。だって僕には、それしかない。

くるみがこの挑戦を完遂《かんすい》できることに、なんの疑いもなかった。バンド結成以降、さらに音楽の力を磨《みが》こうと、日々がんばっていることにちゃんと気付いていたから。

「さーて、どんなのが良《い》いかしら……」

キーボードを膝《ひざ》に載せ、くるみはしばしループをじっくり聴《き》き込む。目を閉じて、全神経を聞こえてくる音に集中させている。

「やっぱり、基本はピアノの音にしたいわよね。こう……ううん、こうかな？」

ひとつフレーズを試し、また違うフレーズを試し、自分の中の引き出しを丁寧《ていねい》に検《あらた》めていくくるみ。楽器経験者とはいえ、試みとしてはまだ慣れないもの。理屈ではなく、自分の耳が唯《ゆい》一《いつ》の判断基準であることは霧夢と一緒だ。

「……うん。これがいいかも。お兄ちゃん、試しに録音してみていい？」

「了解。４カウントの合図を出すから、それに続けてお願いします」

要望に応《こた》え、マウスを操作する。くるみの演奏力なら、打ち込みじゃなくてリアルタイム録音の方が効率的だろう。

「よしっ、と。でもまだ音が薄《うす》いわね。次はストリングスで、裏メロっぽいのを」

二度、三度とオーバーダビングが行われ、リズムとベースラインだけだった二小節がどんどん華《はな》やかになる。同時にトラックの長さも膨らんでいき、その度《たび》、僕と相ヶ江さんは静かに、でも力強く頷《うなず》きを交わし合った。

うん、バッチリだ。元の雰囲気《ふんいき》を壊さぬまま、曲の明確な形が浮き彫りになったと断言できる。霧夢《きりゆめ》も悪い印象を持っていないのは明らかで、時折『へぇ……』と双眸《そうぼう》を見開いていた。素直に褒《ほ》めるのが嫌《いや》だったのか、すぐにはっと真顔に戻ろうとするのを繰り返してはいたけど。

「ひとまず、こんなところかしら。……感想、どうぞ？」

キーボードを膝《ひざ》から下ろして床に置き、聴《き》き手三人の顔を順番に見回すくるみ。やっぱり多少緊張《きんちょう》を感じているのか、自信と不安が半々に織り混ざったような複雑な表情をしている。

「私は、とっても良《い》いと思います！　貴龍《きりゅう》様も、くるみさんも本当にすごいです！」

まず絶賛を届けたのは相ヶ江《あいがえ》さん。最初は感想が一番手になるのを遠慮《えんりょ》するかのように様子を窺《うかが》っていたけれど、霧夢からちらりと視線を向けられたのを受け、先発を買って出てくれたようだ。

「僕も身内びいき無しで、文句のつけようがないと思う。さすがくるみだね、改めて尊敬しちゃうよ」

「こ、これくらいはね！　できるわよね！　……え、えへへ」

あ、喜んでくれている。恥ずかしがらずちゃんと言葉にして良かった。

「…………」

あとは、霧夢の判断次第なんだけど。

「な、なによ？　気に入らない？」

先ほどから腕組みしたまま目を瞑《つぶ》り、黙り込んでいるのがやや気になる。望んでいた雰囲気と、ズレてしまったのだろうか。

「……ううん。気には、入った。一発で認めるのはわざとやめておこうかしらって思っていたんだけど、これにはダメだしできないわ。困ったことに」

と、心配したけれど。どうやら不満を抱《いだ》いているわけではなさそうでなによりだ。いくら僕たちが気に入っても、霧夢が『ノー』と言ったら多数決では決められないからなあ。

「なんで困るのよ。ひねくれちゃってもう」

ちょっとうんざり気味に溜息《ためいき》を漏《も》らすくるみだったけど、その実ほっと胸をなで下ろしているのは何となく雰囲気でわかる。満場一致を得られ、僕も心から安堵《あんど》した。

「でも、何かが足りないのよね。ううん、足りないっていうより、私の中で絶対欲しいって思っていた音が一つあって、それが入ってない感じ？」

「……ふーん。それってどんな音？　ちゃんとイメージを伝えてくれれば弾いてあげるわよ」

「ほら。ひびきの曲にはほとんど必ず入ってるアレ。『ジャー！』って、いかにも激しい感じで、ズンズン前に攻めてくるようなやつ」

「それって、もしかして……」

僕とくるみがほぼ同時にピンと来て、アイコンタクトで内心を通じ合わせる。どうやら、いちばんの『難題』をご所望《しょもう》されてしまったようだ。

「霧夢《きりゆめ》。……それ、この音だよね？」

確認のため、僕は立ち上がって壁《かべ》ぎわに置いてあった自分の楽器を手に取った。そして練習用のコンパクトなアンプに繋《つな》いで簡単なコードをひとつ鳴らしてみる。

「そう、その音その音！　あとはその音が入れば完璧《かんぺき》にイメージぴったりだわ！」

ああ、やっぱり。やっぱりエレキギターの音だったか。

うーん、困った。実は僕にとって一番身近でありながら、今回に限っては最も使いづらい音色《ね》がこれなのだよなあ。

「まあ、鳴らせることは鳴らせるわ……」

溜息《ためいき》交じりに再びキーボードを手に取り、音色《いろ》をいじってから右手だけで三和音を奏《かな》でるくるみ。でもその様子は、今までとは打って変わってはっきりと自信なさげだ。

「ん～？　それ、なんか違う」

間違いなく、この反応を予期していたからこその不安だろう。

「残念だけど、私もそう思う。このキーボード、他《ほか》の音はいいんだけどエレキギターのロックっぽい音だけはなんか変なの」

「たぶん、音質の問題じゃなくてギターと鍵盤《けんばん》じゃ音の鳴り方があまりにも違うせいじゃないかな。すごく乱暴な言い方をしちゃうと、ギターってどう弾いても必ずノイズが混ざるんだ。弦《げん》と、指やピックがこすれる音とか、他にもいろいろ。でもそのノイズって悪い意味じゃなくて、むしろ抜いちゃうと『いかにもギター』っていう音にならない。だから、キーボードで再現しようとするとなかなか難しいんじゃないかな。キレイに音が出過ぎちゃって」

もちろん広義に捉《とら》えると、これは人間の手で演奏される全《すべ》ての生楽器《なまがっき》に当てはまることで、少なくとも現状の技術では機械で完全に生演奏をコピーすることは難しい。でもピアノとかヴァイオリンみたいに元の音質がクリアな楽器は比較的再現性が高いし、逆にあえて生っぽさを殺し、いかにも人工的に作りました、という音がかえってかっこよく聞こえるケースも多いから、機材と打ち込む人《マニピュレータ》の腕次第で、代用品というイメージは払拭《ふっしょく》できる。

しかしながら、歪《ひず》んだエレキギターの音というのはどうにもこうにも打ち込みと相性が悪いのだった。

「ひびき、なんとかならないの？　ちゃんとギターっぽく音をプログラムできるソフトとかあったりしない？」

「あー、売ってはいるね。それを使えばキーボードで弾くよりそれらしく聞こえると思う。……でも残念ながらウチにはないんだ」

なぜならヘタなりに、僕が自称ギタリストだから。

「そうなのね。……ちなみに、おいくら？」

「霧夢が納得《なっとく》しそうなレベルだと……安くて二、三万？」

「高っ⁉　そんなバリバリにギター入れたいわけじゃないのに、その値段は出しづらいわね」

苦虫を噛《か》みつぶしたように顔をしかめる霧夢《きりゆめ》。どう考えても小学生にはハードルが高い品だ。加えて言えば、もしお金があって、末永く活動を続けるつもりだとしても、現段階で二万円を超えるお金をコンピュータミュージックに費やすならまずは総合音楽制作ソフトを買った方がお得に音源をたくさん入手できるし。

「貫井《ぬくい》くんに演奏して頂いたのを録音して、再生しながらライブするというのは……」

「……ズルくない？　それはさすがに」

「ですよねぇ」

苦笑して、すぐに意見を撤回《てっかい》する相ヶ江《あいがえ》さん。自分たちの力で打ち込んだデータと、僕の演奏による録音とでは、やっぱりちょっと意味合いが変わってきてしまうような気がする。弾くこと自体は構わないのだけど。

「どうしようか？　まだ音を作り込む前だし、音色《ねいろ》を変えたりエフェクトをかけたりすればもう少し激しい感じにはできると思うけど……」

「う～ん」

尋《たず》ねれば、霧夢は再び熟考モードに。理想形が頭の中にあるならなおさら、簡単には譲《ゆず》れない部分だろう。霧夢の気持ちが固まるまで静かに待つことにする。

「ひとまず、保留でいい？　やっぱりギターの音が欲しいような気もするけど、別の正解がある気もするし。試しに今浮かんでいるイラストを実際にラフで描《か》いてみるわ。そうすれば、印象が変わるかも」

「もちろん。じゃあ、今日《きょう》のところはここまでにしようか」

頷《うなず》き合い、作曲二日目を終了する。ギターを入れたいという気持ちはすごくよくわかるし、慎重《しんちょう》に判断した方がいいだろう。

もっとも、もし入れるとなるとまた悩ましい問題と再度向き合うことになるんだけど。

「手伝ってくれてありがとう、ひびき。……あ、あと小姑《こじゅうと》も、ありがとね。わがまま言ってごめん。入れてくれた音は全部……その、良かったわよ。そこは文句ないから」

「な、なによ気持ち悪いわね。気にしてないわ、大丈夫《だいじょうぶ》。ちゃんと納得《なっとく》いくまでこだわってくれていい。ただし小姑って言うな」

「そう。それじゃ」

荷物をまとめ終え立ち上がった霧夢が、僕、そしてくるみにも照れ混じりでお礼を告げて歩き出す。ふふっ。自信家で、時にきつい言葉も口にするけど、根は本当に良《い》い子なんだよな。

それを改めて実感した。

「……お邪魔《じゃま》しました。貫井くん、くるみさん」

「お疲れ様。また次、頑張ろう」

「お兄ちゃん、私も部屋に戻るね。もう少し音をいろいろいじってみる」

続いて相ヶ江さんとくるみも退出し、賑《にぎ》やかだった部屋が一転してしいんと静まりかえった。

音楽が止まった後って、どんなときも言葉にしがたい余韻《よいん》と切なさを感じてしまう。

「僕も、他《ほか》に良《い》い方法がないか少し考えてみるか」

Dragon ≠ Nuts でギターの音を鳴らす、妙案。見つかると良いんだけど。

「――あの、貫井《ぬくい》くん！」

「えっ⁉ ど、どうしたの相ヶ江《あいがえ》さん。何か忘れ物？」

少しばかりネットの海を彷徨《さまよ》ってみるかと椅子《いす》に腰掛けた瞬間《しゅんかん》、勢いよく部屋の扉が開いて少し驚《おどろ》いた。

「いえ、違うんですけれど……」

「……？」

伝え方に迷っているような様子の相ヶ江さん。僕はしばし黙り込んで続く言葉を待つ。

「あの、実は。貫井くんに相談したいことができまして」

すると、まさに一大決心といった力強い声色《こわいろ》と共に、相ヶ江さんは僕にまっすぐな視線を向けた。


♪

「ごめんなさい、せっかくのお休みだったのに」

「ううん、それは全然だよ」

迎えた土曜日の昼前、僕は夏休みの思い出を繰り返すように、相ヶ江さんと二人きりで外出することになった。

「まさか、予想はしてなかったけどね。相ヶ江さんから楽器店に誘われるなんて」

目的は、今口にした通り。前回の作曲会の後、引き返してきた相ヶ江さんに『また案内してもらいたいお店がある』とリクエストを受けたのだ。

何か欲しいものがあるのか……なんて問いは愚問《ぐもん》だろう。

あのときの流れから推測するに、答えは一つしか思い浮かばない。

「えへへ、まだ買うと決めたわけではないんですけど、どんなのがあるかちょっと見てみたくなって。……エレキギター。貴龍《きりゅう》様に言ってしまうともう引き返せなくなりそうだったので、また秘密のデートをお願いしてしまいました」

「ひ、秘密のデートかはともかく。……なんというか、あまり義務とかは感じなくて良いと思うよ。安いものじゃないし」

「あっ、それは大丈夫《だいじょうぶ》です。単純に、もともと憧《あこが》れていたんですよ。リヤン・ド・ファミユのみなさんが楽器を弾きながら歌っているのがすごくかっこよくて。それに、ラルクさんのボーカルの方もたまにギターを弾いていらして、その雰囲気《ふんいき》とかも好きだったので。今回、貴龍様のお悩みを聞いて、『飛び込むチャンスかも！』って思っただけなんです」

「そっか、それなら」

なるほど、確かに潤《じゅん》たちの演奏している姿は芸術的に絵になるし、ラルクでギターが二本入る曲も独特の魅力《みりょく》があるもんな。

とにもかくにも、使命感による行動じゃないのであれば喜んで案内させてもらおう。僕自身、買う余裕はなくてもいろんな楽器を見るのが大好きだし。

「電車を乗り継いで少しだけ遠出しても良《い》いかな？　近くにある楽器屋さんは、そんなにギターの数が多くないから」

「はい、よろしくお願いします！　……えへへ、乗り継ぎ。また貫井《ぬくい》くんと大人《おとな》の階段をひとつ上ってしまいますね」

「き、切符は子ども料金で大丈夫《だいじょうぶ》だからね」

ぽっと染めた頬《ほお》を両手で押さえ込む相ヶ江《あいがえ》さんに、我ながら意味不明な返事をしてしまった。もっと適切なリアクションがあったような気もしつつ、後から考えても思い浮かばないのでこの辺が僕の限界なのだろう。スルースキルの。

などと結論づけてからしばし歩いて駅に到着。乗り継ぐといっても移動距離は秋葉原《あきはばら》に行ったときよりだいぶ短いので、三十分かからず目的のショッピングモールに到着した。

「ここが近所では一番大きいお店だよ」

「すごい、楽器だけのお店なのにとっても広いんですね！　さすが都会です！」

感動して両眼《りょうめ》を大きく見開いた相ヶ江さんに微笑《ほほえ》みを返す。この辺は土地に余裕があるため、売り場の大きさで言えば都心以上の規模を誇る専門店もけっこうあるのだった。

「見たいのはギターで良いんだよね？」

「はい、エレキギターをお願いします！」

確認してから、自分にとってもなじみ深いコーナーをまっすぐ目指す。このお店はくるみと一緒に先月も来たけど、あのときのお目当てはキーボードだったのでギターを見るのは久しぶりだ。何か、新しい楽器が入荷しているかな。

しかし、これでふた月連続小学生との楽器店内巡りか。……子どもをとっかえひっかえ連れ込んでいる客としてマークされてなければ良いけど。まあ大丈夫だろう、相ヶ江さん、ぱっと見は小学生ぽくないし、まだ二人目だし。

「いろんな形があるんですね〜。どれもかっこいいなぁ……」

微妙に挙動不審になりつつ、店内の右側へ。相変わらずギターが所狭しと壁《かべ》や床置きスタンドに並べられていて、さながら六弦《ろくげん》の森、といった様相だ。

「あっ、これは貫井くんが使っているのと同じ形ですか？」

「うん、ジャズマスターっていう楽器」

「こっちは潤さんの楽器に似ています！」

「それはムスタングだね。潤のはデュオソニックって言って、もう生産されてないんだけど、形は確かにムスタングとほとんど同じだと思う」

「……どれも、良《い》いお値段ですね」

「フェンダーっていう、歴史あるメーカーが作ったやつだからね～。僕のジャズマスターは中古だったから、もう少し安かったんだけど」

さらに潤《じゅん》の楽器は正義《まさよし》さんの秘蔵品だからなぁ。フェンダーの中にも日本製とアメリカ製があって（細かく言えばメキシコ製も）、日本製の方は本家よりだいぶ安いとはいえ、新品なら五万円は覚悟しないといけない。

「この辺のは、もっと安いですね。こういうのは、あまり良くないですか？」

「モノによる……のかな」

音の良《あ》し悪しは別問題として、あまりにも安すぎるギターは弾き心地が悪かったり、ネックの部分が湿気で反りやすかったり、上達の妨《さまた》げになってしまう問題を抱《かか》えていることもあるようだ。一応、僕が試奏してみて確かめることは可能なんだけど、特にネックの『持病』に関しては一日では判断がつかないのが悩ましい。買って一週間くらい経《た》った後でようやく悪いところが見つかる危険性もあるので、自信を持ってオススメはし辛《づら》いのだった。

まあ、かといって高ければ高いほどその楽器が『健康』と言い切れない部分もあるみたいで、いろいろ難しいんだけど。

「うーん、悩んでしまいます……」

「とりあえず、予算内で気に入ったのがあったら店員さんに見せてもらおうか。みんなじっくり考えて選ぶのが普通だから、今日《きょう》決めなくても嫌《いや》な顔はされないよ」

さすがに何ヶ月も試奏だけ繰り返して一本も買わない、なんてことをしたらちょっとひんしゅくだろうけど。

「わかりました！　ではもう少し、探して回りますね」

敬礼のポーズを取り、しゃがみ込んで一本一本をじっくり観察する相ヶ江《あいがえ》さん。僕も隣《となり》に立ちつつ、しばし口を噤《つぐ》んで見守り続ける。

「貫井《ぬくい》くん、これすごいですね。つるつるで、ぴかぴかしています！　残念ながら予算オーバーですけど」

相ヶ江さんの注目に誘われ、僕も腰を落として指さされた一本を凝視《ぎょうし》。どうやらボディのところがまるっと鏡面仕上げになっているらしく、覗《のぞ》き込めば身だしなみチェックにも使えてしまいそうだ。

「これは、ステージで目立ちそうだね……っ!?」

「……？　貫井くん、どうしました？」

同じく興味を惹《ひ》かれ観賞を始めてほどなく、あらぬ事実に気付き慌《あわ》てて眼《め》を逸《そ》らす。

い、いけない。相ヶ江さん、今日はミニ丈《たけ》のワンピース姿だから、鏡面仕上げの前でしゃがみ込むと、非常にマズい構図で全身の像が反射してしまう事案が……。

「ピンク色もかわいいですよね」

「ピ、ピンクなんて見てないよ！　少しも！」

「えっ？」

「えっ？」

………………あ、ピンク色の『ギター』の話だったのか。

「ご、ごめん勘違《かんちが》い！　確かにピンク色だね、それ」

非常に心苦しい過《あやま》ちを犯してしまった。

「でも、形は最初の『フェンダー』の方が好みなんですよね〜。どうしようかな……」

しゃがんだまま、奥の方へと進んでいく相ヶ江《あいがえ》さん。僕はしばし罪悪感から抜けきれず、その場に立ち尽くしてしまった。

「――ぬ、貫井《ぬくい》くん！　見て下さい！　なんだかすごく……すごくヘンなギターがあります！」

「……ん？」

距離が開いてしまった刹那《せつな》、相ヶ江さんが大きめの声で僕を呼んだ。ヘンなギター。どんなのだろう。

「どれどれ……うわっ！　ヘンだ！」

正直、目にして実際に驚《おどろ》くとは思ってなかった。ヘヴィメタで使われるようないかめしいタイプとか、派手なペイントがしてある品とか、いわゆる『変わり種』はいくつも頭に浮かんだのだけど、相ヶ江《あいがえ》さんが見つけたその一本は全《すべ》ての予測と大きくズレた構造だったのだ。

「これもギター……なんですよね？」

「だと思う……けど。こんなのあるんだな。僕も知らなかったよ」

形に関して言えば、さっき見たジャズマスターやジャガーと酷似《こくじ》している。というかメーカーも同じフェンダー。色も赤で、エレキギターとしてはさほど珍しくない。

異彩を放っているのは、楽器のサイズだった。明らかにネックが他《ほか》より長くて、張られた六本の弦《げん》の直径もずっと太い。

――ベースとギターの、ハーフ。端的に印象を語ればそんな感じだろうか。

「しかも、安いです！　フェンダーなのに、私の貯金でも買えるお値段です！」

「二万円しないのか……。確かに安いね、安すぎるくらいに」

予算内なのは良《い》いことだけど、不思議な外観と相まって微妙なうさんくささも漂《ただよ》ってくる価格設定だ。『USED』って書いてあるから、中古なのが値引きの大きな要因だとは思うんだけど、その割に大きな傷とかも見当たらないし……。

「――どうです、それ。面白い楽器ですよ」

二人して呆然《ぼうぜん》と見つめ続けていると、眼鏡《めがね》をかけた優《やさ》しそうな店員さんがこちらに気付いて話しかけて下さった。

「これ、なんていう名前ですか……？　ギターなんですよね？」

「『Fender VI』というのが元々の製品名だったみたいなんですけど、『BASS VI』と呼ばれることの方が多いですね。楽器の種類は『バリトンギター』。ギターより一オクターブ下のチューニングにするのが基本の使い方になります」

ベース・シックス。バリトンギター。不勉強ながら、どちらも初めて聞く名称だった。ギターより低音寄りで、ベースよりは高音寄り。ということは、『ハーフ』という印象で間違ってなかったみたいだ。

「どんな音なんだろう……」

「どうぞ、弾いてみて下さい。もちろんお気に召さないようなら無理矢理売りつけたりはしませんので」

「貫井《ぬくい》くん。もしよかったら私もお願いしたいです！」

店員さんの有《あ》り難《がた》い心遣《こころづか》いと相ヶ江さんのリクエストを頂いたので、僭越《せんえつ》ながら僕が試奏をさせてもらうことに。

「ギターアンプとベースアンプ、どちらに繋《つな》ぎましょう？」

「あ、どっちでも構わないんですね」

「はい。歪《ひず》ませても面白いですよ」

歪み——意図的に音割れをさせたいわゆるオーバードライヴサウンドが、霧夢《きりゆめ》の求めている『ギターの音』だろう。なら、やっぱり試すべきは。

「ギターアンプでお願いします」

「かしこまりました」

快諾《かいだく》し、店員さんはチューニングをしっかり合わせ、僕に楽器を手渡してくれた。丸椅子《まるいす》に腰掛け、いざ初めての音出し。ちょっと緊張《きんちょう》してしまうな。普段のギターと勝手が違うから、尚更《なおさら》ドキドキする。

「…………」

しばし耳に意識を集中させていろいろ実験。ベースを意識した単音弾き、ギターっぽくコード弾きやアルペジオ。高音部、低音部。歪《ひず》んだ音、クリーンな音。スイッチをいじってセッティングを変えたりもしつつ、思いつく限りのことを満遍《まんべん》なく試してみる。

「これ、使えるかも……」

結論として、めちゃめちゃ気に入った。ベースともギターとも微妙に違う独特の響《ひび》きが、今までにないアイデアを導き出してくれそうだ。

そして、もっとも心を揺さぶられたのは、歪ませて一本の弦《げん》を単音弾きするだけで非常に迫力のあるアグレッシブなサウンドが奏《かな》でられることだった。

この弾き方なら、楽器初心者でも比較的すぐに習得できるパートを作り出せる気がする。

「なかなか良《い》いでしょう？　値段も非常にお買い得ですし」

「あ、そうだった。あの、この楽器どうしてこんなに安いんですか？」

今が好機と見てもう一つ気になっていた重要事項を確認すると、店員さんは朗《ほが》らかに笑いながらノータイムで説明を開始して下さった。

「実はそれ、前の持ち主さんがありとあらゆるところを改造しちゃってて。オリジナルのパーツが木の部分以外ほとんど残ってないんですよ。そういう楽器って、本社の方針で中古の状態として最低ランクを付けなきゃダメなんですよねぇ……。でも、見ての通り傷もほとんどないですから。電気系統も良好だし、改造に使われた配線材やピックアップに至ってははっきり言ってオリジナルよりずっと高品質なものです。原価を足し算したら、元値より高くなりますよ。もしご希望でしたらネジを開いて内部もお見せできます。ぜひ、ネットで検索して私の言葉にウソがないことを確かめてみて下さい」

「なるほど……」

その、実直な語り口だけで偽《いつわ》りなき事実を伝えて頂いたと確信できた。そしてこの方が、店頭に並べるまで愛情を持って楽器を調整していることも。手放した理由はわからないけど、前のオーナーさんがそれほど改造に力を入れたというのは、幹《みき》の部分——ネックとボディに不具合がなかったことの現れと推測もできるし。

異端児だけど、いい楽器だ。間違いなく。

「貫井《ぬくい》くん、決めました。私、これ買います。貫井くんが弾いていた音、ぜんぶ素敵でしたし、貴龍《きりゅう》様も気に入って下さるはずです」

静かに、迷いなく。相ヶ江《あいがえ》さんが中腰になって楽器を見つめながら呟《つぶや》いた。

「僕も、これは掘り出しものだと思う。けど、いいの？　普通のギターとはちょっと違うよ？」

「はい。実はそこも、気に入った理由の一つで。なんとなく、似ている気がするんです。背が高くて見た目が小学生っぽくないってよく言われる私と、他《ほか》のギターよりちょっと大きいこの子って。だから、なんだか運命的かなって」

一応再確認した僕に、屈託《くつたく》のない微笑《ほほえ》みを向ける相ヶ江さん。

「そっか。なら改めて大賛成するよ」

そんな想《おも》いがあると知ったら、もはや異を唱える理由なんて見当たらない。

「すみません。これ、頂けますか？」

「ありがとうございます。お嬢さんがお買いあげなのですね。ではあちらのレジにどうぞ。ケースを準備してお持ちしますので」

「わかりましたっ」

店員さんに告げられるや、小走りで示された方へと移動する相ヶ江さん。心躍っているのがはっきりと見て取れて、僕もシンパシーで幸福感を感じずにはいられなかった。

しばしその背中を見つめてしまってから、楽器を磨《みが》いて下さっている店員さんにお礼を伝えねばと我に返る。

「あの、ありがとうございます。丁寧《ていねい》に説明して下さって」

「いえいえ。これが仕事ですし、大事にしてくれそうな方にお渡しできて本望《ほんもう》です。……ところで、ですが」

「はい？　なんでしょう？」

「あちらのお嬢さん、小学生だったのですね。失礼ながら気付きませんでした。お客様、先月も小学生くらいの女の子と来店なさってましたよね？」

あ、まずい。バレた。

いや、やましいことなど何もしていないから別にまずくはないか。ないだろう。

たぶん。

幸い店員さんの質問はただの雑談だったようで、お咎《とが》めなしでお店を出ることができた。最近どうも世間の目を気にしすぎてしまっていてよろしくない。後ろ暗いところなどないのだからもっと胸を張って生きないと、逆に小学生という尊《とうと》い存在に対し失礼だろう。

「えへへ、買ってしまいました」

ほっと胸をなで下ろしつつ、ソフトケースを背負いご機嫌な相ヶ江さんと並んで来た道を引き返す。楽器は僕が持とうかと提案したのだけど、笑顔で断られたので一度で引き下がった。既《すで》に愛着を感じ、肌身《はだみ》離さず持っていたいのだろう。その気持ちはとてもよくわかる。

「霧夢《きりゆめ》もきっとすごく喜んでくれるだろうね」

「そうだったら嬉《うれ》しいです。早く弾けるようにならないとですね！」

意気込みを表明する相ヶ江《あいがえ》さん。あ、そうだ。基本的な演奏方法くらいは今日《きょう》にでも教えてあげた方が絶対に良《い》いよな。

「帰り、少しウチに寄って練習してみる？」

「あ、いえ！　そこまで貫井《ぬくい》くんに甘えきっては申し訳ないので！」

ふと思い至り提案してみたのだけど、相ヶ江さんは恐縮して何度もかぶりを振った。

「でも、音の出し方とか、チューニングとかわかりそうかな？」

霧夢に頼めばネット検索で調べることもできるだろうけど、大した負担でもないので遠慮《えんりょ》しているだけならぜひ手を貸してあげたい。

「心配して下さってありがとうございます。お言葉に甘えちゃいたい気持ちもあるんですけど、実はもう一つ野望というか、これを『きっかけ』にしたいことがありまして」

「きっかけ？」

「はい。せっかくなので――」

ほんのり口角を持ち上げた相ヶ江さんから、思惑《おもわく》を教えてもらう。

「おお。それなら、上手《うま》くいくように応援するよ」

話を聞いて、僕は即座に全面的支持を表明した。

♪


「――と、いうことで。この子の弾き方を教えて下さい！」

「柚葉《ゆずは》は柚葉でほんと大胆《だいたん》よね……。いきなり変わった楽器持ってくるし、ライバルのバンドに弟子入りしようとするし」

相ヶ江さんの目的地は、リトルウイング。突然の訪問に驚《おどろ》きつつ三人の部屋に通してくれた希美《のぞみ》が、懇願《こんがん》の内容に呆《あき》れ顔で溜息《ためいき》を漏《も》らした。ちなみに現在、潤《じゅん》は買い物当番でお出かけ中らしい。

「くー」

そらは見ての通りベッドでおひるね熟睡中。起こしてしまわないよう、なるべく声のボリュームを落として僕からも一声かけてみる。

「希美なら、きっといい師匠《ししょう》になれると思うよ」

師匠という響《ひび》きにぴくり、と希美のこめかみが反応した。お、意図せず後押しに成功したかな。決して打算的な思惑があったわけではないんだけど。

「……まあ、最初の練習方法くらいなら希美にも教えられると思うケド。でも、いいの？　ちびっ子が怒るんじゃない？」

「ふふっ、そうですね。でも、私としてはもっとみなさんと仲良くなりたいんです。だからいっぱいお話しする機会が増やせたら、それも嬉《うれ》しいなって思って、貴龍《きりゅう》様には内緒でお願いしに来ちゃいました」

希美《のぞみ》たちに教えを請《こ》い、今以上の友達になる『きっかけ』にしたい。それが相ヶ江《あいがえ》さんのもう一つの思惑《おもわく》なのだった。

「そう、ね。柚葉《ゆずは》と仲良くしたいのは、希美も同じ。……わかったわ。引き受けてあげる。潤《じゅん》も絶対喜んでやると思うし、そらもリズムを合わせる協力をしてくれるはず。……寝てるときに無理矢理起こしたりしなければ」

「嬉しいです！　ありがとうございますっ！　……今日《きょう》はまだ、そらさんにはお願いしない方が良さそうですね」

「あと一時間くらいすれば起きると思うけど、それまでは黙っておきましょ」

「くー」

相ヶ江さんの内心を完全に理解するや希美はすぐさま首肯《しゅこう》し、二人揃《そろ》って微笑《ほほえ》み混じりにそらの寝顔を覗《のぞ》き込む。

「とりあえず、二人で始める？　でも、希美はベースと同じ弾き方しか教えられないのよね。それ、弦《げん》は六本だし潤が帰ってきてからの方が良《い》いかしら？」

「せっかくなので、まずは希美さんに教えて頂きたいです！　貫井《ぬくい》くん、平気ですよね？」

「うん。とりあえずベースのつもりで弾いちゃって大丈夫《だいじょうぶ》だよ」

それで間違いなく、霧夢《きりゆめ》の欲しがっているパートが手に入る。お店で説明があった通り、ギターよりも一オクターブ低い音の楽器ではあるのだけど、その方がかえって面白いスパイスになるような気がしているくらいだ。

「わかったわ！　じゃあ練習室に移動しましょうか」

「よろしくお願いしますっ」

頷《うなず》き合って立ち上がる希美と相ヶ江さん。僕も一応待機して、希美が言葉に詰まったときに備えるか。おそらく任せておけば大丈夫だろうけど。

「潤とそらに書き置きを残しておくわね。……よし、と。それじゃ行きましょ」

「はいっ」

希美の先導で、僕たちは揃って階下におりる。

「……あ」

「……あ」

すると、玄関でばったり桜花《さくら》と対面してしまった。ちょうど今、どこかから帰宅してきたところみたいだ。

「き、来てたんだ」

「う、うん」

「……それじゃ、また」

「う、うん」

そそくさと靴《くつ》を脱ぎ、廊下を抜けていく桜花《さくら》。

ダメだ、ちょっとだけ状況改善のきざしが見えたかと思ったけど、すぐにまた一歩後退してしまった感じがする。明らかにもっと別の言葉を発するべきだったのに、返事しかできなかった体《てい》たらくを後悔《こうかい》すれど、先に立たず。

やっぱり、石動《いするぎ》さんたちとの一件がよくなかったのかな……。

あ、そういえばまだ返せてない。サイレントアサシン。

「……ねえ、響《きょう》。やっぱり桜花と何かあったの？」

「え⁉」

さすがに今の一幕は不自然すぎたようで、希美《のぞみ》から鋭い指摘を賜《たまわ》ってしまった。

「べ、別に何もないよ⁉」

慌《あわ》てて何度もかぶりを振ったけど、我ながらさらに心配させてしまう挙動不審さだったとしか思えない。

「………………そう」

しかし幸いと言うべきか、希美はそれ以上の追及を呑《の》み込んでくれた。ほっとしつつ、内心でまた焦《あせ》りが募る。

ううむ、早くなんとかしないと、周りにまで迷惑をかけてしまいそうだ。

「みなさん、今日《きょう》は本当にありがとうございました！　おうちでしっかり復習します！」

「ひとまず、全部の指を使ったエクササイズを頑張ってみて。大事なのは右手と左手のシンクロ率よ！」

相ヶ江《あいがえ》さんの初練習は、大成功で終了した。チューニングと、基本的な左手の押さえ方、それにピッキングの方法を覚えてもらったので、あとは毎日反復練習をすれば少しずつ感覚が掴《つか》めてくるだろう。

なんて偉《えら》そうに振り返りつつ、僕はまったく口を出していないのだけど。予感はあったものの、希美はとても教えるのが上手《うま》かった。

「はむ。さすがぞみたん先生」

「えへへ、柚葉《ゆずは》ちゃん。また来てね。私も何か教えられるようにがんばるからっ」

途中からそらと潤《じゅん》も加わって、和気あいあいとした時間が終始続いた。この先に控える対決のことはさておき、子どもたちが交流を深めていく様子に僕の頬《ほお》も自然と綻《ほころ》ぶばかりだった。

「はいっ。またぜひよろしくお願いします！　それでは失礼します！」

何度もお辞儀《じぎ》してから、リトルウイングを後にする相ヶ江さん。まだ明るいし、もう覚えたから送りの道案内は必要ないとのことだったので、今日《きょう》は現地解散することに。

「僕もそろそろ帰るね。それじゃ、みんなまた明日《あした》の練習で」

「私たちも、負けないように頑張らないとですねっ」

「響《きょう》にー、びしばし鍛《きた》えてください」

きりりと表情を改めた潤《じゅん》と、拳《こぶし》を突き上げ気合いを露《あら》わにしたそらに頷《うなず》きで応《こた》え、歩き出す。

さて、この後は少し学園祭に向けて新曲のネタ出しをしておくか。

……ステージ、成立するかかなり不安ではあるけれど。

「ちょっと待ちなさい、響」

「え？」

悩みつつ一歩踏み出した途端《とたん》、シャツの裾《すそ》を後ろから引っ張られる感覚。振り返れば、希美《のぞみ》がやけに怖い顔をしてこちらを見上げていた。

「な、なんでしょう？」

「柚葉《ゆずは》と一緒に楽器屋さんからまっすぐここに来たっていうことは、また二人きりで仲良く出かけたって意味よね？」

「う……」

す、鋭い。いや、もちろん隠し立てする気はなかったんだけど。先月相ヶ江《あいがえ》さんとの遠出にデート疑惑をかけられたばかりなので、その指摘は具合が悪い部分も、多少。ふんわりと。

「わにゃ。響さん、やっぱり柚葉ちゃんがお気に入り……」

「はむ。わたしたち、響にーを満足させられなかった？」

さらに潤とそらからも上目遣《うわめづか》いを向けられ、慌《あわ》てて僕は弁明の言葉を探した。

「いやいやいや！　満足しないなんてありえないし、みんなとの時間を心から大事に思ってるってば！　今日はただ、楽器が欲しいって言う相ヶ江さんにほんの少しアドバイスをしただけで！　それだけだよ、本当に！」

早口になってしまいつつ、なんとか誠意を届けようと胸の内を伝える。僕にとって、リヤン・ド・ファミユが特別な存在であることは、何があっても変わらない。

「……まあ。事情はわかったから出かけたことを怒る気はないいんだけど」

「よ、よかった……。ありがとう」

溜息《ためいき》を漏《も》らした希美、そして潤とそらもなんとか納得《なっとく》してくれたみたいだったので、ほっと一息。もしみんなからも愛想《あいそ》を尽かされたら、いよいよ立ち直れなくなるところだった……。

「で、も！　納得がいかないのは、響がまだちゃんとこの前の約束を全部果たしていないことよ！」

「約束を、全部？　……あ！」

希美に人差し指を突きつけられ、はっと思い至る。

――そして、明日の予定が練習の他《ほか》にもう一つ加わることとなった。

PASSAGE 3

金《かね》城《しろ》そら

【誕生日】12/1　【血液型】AB

【学校】城見台《しろみだい》小学校　5年2組

【もしも告白する(される)としたら……】
はむ。だんがいぜっぺき?(刑事ドラマのラストシーンと勘違いしてる模様)

Here comes the three angels
天使の3P!
スリーピース

日曜日の朝。家を出る前に、現在の『やることリスト』と進行具合を整理してみる。

①フェス応募用のデモ作り（リヤン・ド・ファミユ）……順調度100％

ここは何ら問題はないだろう。僕どうこうではなく、三人がずっと真摯《しんし》に音楽と向き合い続けているので、焦《あせ》りを感じるべき要素などひとつもない。まだ録音には取りかかっていないけど、いざ始めたらあっさり形になると確信が持てる。

むしろ、安心しすぎて僕がバンドをないがしろにしてると勘違《かんちが》いさせないことが一番大事かもしれない。

②フェス応募用のデモ作り（Dragon ≑ Nuts）……順調度80％

こちらもみんなの意欲が非常に高く、顔を合わせる度《たび》に自分以上の才能を全員が感じさせてくれるから、作業に入る前よりもはっきりと手応《てごた》えを得ている。リヤン・ド・ファミユとの差はあくまで経験値の違いだけだ。躓《つまず》くこともあるだろうけど、最終的には三人の力で素晴らしい楽曲が完成するはず。

③学園祭クラス展示の準備……順調度100％

最大の難関になってしまうかと思われたけど、石動《いするぎ》さんと水野《みずの》さんから願ってもないアイデアとノウハウを賜《たまわ》ったので、こちらもきっと大丈夫《だいじょうぶ》。

しかし、こうして改めてまとめてみると現状で僕が特別骨を折ってるタスクって実はあんまりないんだよなぁ。それは、恩に報《むく》いるためもっと頑張らなければいけないという意味に違いないし、一人ではできないことが、他人との交流によって想像を超えた進展に繋《つな》がるという教訓でもある。

出会いに、感謝。

④妹の髪シャンプー……順調度99%

職人たるもの、常に向上心を忘れてはならない。残り1%は永遠の伸びしろ。

⑤演劇部のステージ用楽曲制作……順調度?%

これは、数字を当てはめるのが難しい。もちろん既《すで》にネタ出しは始めているし、BGMになるようなインスト曲も断片的に作ってみた。石動さんたちも当然現在進行形で企画を練り進めているだろう。

ただ、文字通り役者が揃《そろ》わないことには、最終的なビジョンを固められない。描《えが》かれた青写真通りに当日を迎えられれば（僕の音楽のクオリティをさておいても）求心力いっぱいの舞台がお披露目《ひろめ》となるだろうし、逆にダメだったときは……。

つまるところ、この職務は残る最後の項目と、切り離しては考えられない。

⑥桜花《さくら》とのぎくしゃく感解消……………………順調度0％

もしかしたら、0％でもまだ査定が甘いのかもしれないけど。日に日に悪化の一途《いっと》を辿《たど》っているのではという恐怖を正《ただ》しく加味したら、マイナス方向に驀進中《ばくしんちゅう》と認めざるを得ないかも。

今のままでは、桜花が演劇に協力してくれる可能性は限りなく低い。僕と一緒に活動をしようなんて、絶対に思わないだろう。

石動《いするぎ》さんたちに多大なる迷惑をかけてしまうし、本当になんとかしなければいけないんだけど……。

ダメだ、わからない。桜花のことが、わからない。いったい何を、どうすればいいんだろう。


「人生経験が、足りない、か……」

あの一言が、再び重くのし掛かってくる。人並みに、人との接し方を身体《からだ》で覚えながら生きてきた人ならば、今桜花との距離がどれくらいで、どの道を辿ればもっと近づけるのかなんて、迷ったりはしないのかな。

「……あ、いけない！」

もやもやしていたら、家を出るつもりだった時刻がとっくに過ぎてしまっていた。慌《あわ》てて鞄《かばん》を担《かつ》ぎ、リトルウイングへ向かう。

普段、日曜日に練習するときは午後始動が多いのだけど、今日《きょう》は早めの出動だ。昨日《きのう》交わした希美《のぞみ》との約束を守るために。

少し急ごう。遅刻の心配はないけどあまりギリギリにはならない方がいい気がする。

「えっと、お邪魔《じゃま》します」

「い、いらっしゃい。待ってたわ」

可及的大股《おおまた》で歩き、なんとか約束した時間の十分前に到着。教会ではなく住居《じゅうきょ》の方のインターフォンを押すと、すぐに希美が鍵《かぎ》を開けて中に招いてくれた。

……やっぱり、けっこう緊張《きんちょう》するな。

「あ。希美、そのワンピースかわいいね。はじめて見た気がする」

「え⁉　ち、違うわよ！　別に今日のためにとっておきを用意してあったわけじゃないんだから！　ヘンなこと言わないで！」

「ご、ごめん！」

無言にならぬよう、なにげない話題を探してみたら予想外に怒られてしまった。

やっぱり人生経験が足りないのかもしれない。

「ま、まあ良《い》いわ。希美《のぞみ》のセンスの良さに気付いたことに免じて許してあげる。……それじゃ、行きましょうか。ふ、二人きりのデートに！」

「わ、わかった。誠心誠意つとめます」

デート。そう、それが希美と昨日《きのう》交わした約束だった。いや違うな。約束自体はもっと前。三人とそれぞれデートをすると夏休みに誓ったまま、タイミングを見つけられず今に至ってしまったというのが正確な時系列となる。

僕としても反故《ほご》にはしたくなかったから、声をかけてもらえて嬉《うれ》しい。エスコートに自信はないけど、なるべく楽しい時間を過ごしてもらえるよう頑張らねば。

「ぞみ、響さん。行ってらっしゃいですっ！」

「ぞみたん、響《きょう》さん。今日《きょう》はおひめさま」

潤《じゅん》とそらがお見送りに来てくれていたのがわかったので、一旦《いったん》玄関の中に入らせてもらって二人に挨拶《あいさつ》。お姫様、というのは今日の希美の装《よそお》いを的確に言い表しているよな、と感じた。元々の高貴な顔立ちと相まって、ふわふわのフリルで装飾されたワンピースはフォーマルなドレスのようにも見える。

「それじゃ、行ってくるわ。ごめんね、ひとりで響を連れ出すことにしちゃって」

「ううん。私はこの前もう、響さんに……し、してもらったから」

「はむ。響にー。次はわたしとベッドでしようね？」

「そ、そらともお出かけしようね。お出かけをね！」

苦笑混じりに頭を下げた希美に、潤とそらは間を置かずかぶりを振った。そらが望んでくれるのなら、なるべく早く全員と約束を果たさなければ。ベッドという場所は……要交渉《こうしょう》として。

「………響？　もう来てたんだ」

「あ、桜花《さくら》。う、うん。おはよう」

さて、いざ出発――と思ったところで、奥から桜花がこちらにやって来た。

またしてもぎこちなくなってしまいつつ、なんとか挨拶だけは届けることができた。けど、これじゃ何も変わらないよな。他《ほか》にも何か……何か……ダメだ。顔を合わせると、なおさら緊《きん》張《ちょう》してまったく言葉が出てこない。

「……ふふん。いいでしょ桜花。これから希美はデートなの。響と二人きりでね」

「え、デート……？」

もごもごしているうちに、希美が腰に手を当て胸を張る。それを聞いて、桜花は僅《わず》かに眉《まゆ》をひそめた。

「響、その……大丈夫《だいじょうぶ》なの？　いっぱい仕事抱《かか》えてるのに、そんなことしてて」

「う、うん。まだどれも期日が近付いているわけじゃないし。ありがとう、心配してくれて」

きつめの口調にちょっと怯《ひる》んでしまいつつ、ここで逡巡《しゅんじゅん》を覗《のぞ》かせると希美に気を遣《つか》わせる予感があったので、努めて笑顔で答える。桜花も慮《おもんぱか》ってくれたのだろうけど、今は希美に心から楽しんでもらうことだけを考えないと。

「そうよ。響《きょう》がいいって言ってくれたんだから、余計なお世話。嫉妬《しっと》して文句つけるなんてみっともないわよ桜花《さくら》」

「な⁉　だ、誰《だれ》も嫉妬なんてしてないわよ！　ていうか、希美《のぞみ》も悪い！　なんでこんなタイミングで面倒ごとを持ってくのよ！　響なんて甘ちゃんなんだから、絶対断れないのはわかっていたでしょ！」

「なんで桜花が面倒ごとだなんて決めるわけ⁉　響も喜んでくれているわ！　桜花の方がよっぽど自分勝手じゃない！　ほんと、高校生にもなってガキンチョね！」

「〜〜〜〜っ！」

とか脳内でエクスキューズしてる場合じゃなくなった。い、いつの間にか桜花と希美が本気の口げんかを始めてしまったぞ。今まで衝突《しょうとつ》が起こる場面も何度かは見たことがあるような気はするけど、リトルウイングの面々がこんなにギスギスした空気になるのは過去に記憶《きおく》がない。

「わ、わにゃ……」

「ぞみたん、さくねー。けんか、やめよう？」

潤《じゅん》とそらも心底驚《おどろ》いて、身を縮こまらせてしまっている。う、ええと、こういうときはどうすれば……⁉

今改めて、如実《にょじつ》に、自分の人生経験の足りなさを悔《く》やむ。

「もう……知るかっ！　響も希美も、せいぜい後先考えず勝手にしてなさいよ！」

「言われなくても勝手にするわよ！　どこかの残念なお嬢さんと違ってね！」

「バカ！　バカバカバカっ！」

最悪の、タイムアップ。怒りに任せた桜花が大きな音で階段を踏み鳴らし、二階へ姿を消してしまった。

ちょっとこれは、もうお出かけするようなムードじゃなくなってしまったのでは……。

「さて、と。それじゃ響、行きましょうか」

混乱と戸惑いで満たされていた玄関に、場違いなほどあっけらかんとした希美の声が響《ひび》いた。

あ、あれ。桜花が居《い》なくなった途端《とたん》、不自然なくらい余波を残さず希美から怒りの色が消えてしまったような。

「う、うん……」

狐《きつね》につままれたような気持ちになりつつ、勢いに流される形で僕は希美と共に玄関を出た。


「あの、希美？」

「んー？　何かしら？」

しばし外を歩いてからようやく、僕は意を決して希美に声をかけた。やっぱり、さっきまであれほど声を荒げていたとは思えないくらい穏《おだ》やかな表情だ。

「もしかして、実は怒ってなかった……？」

「ええ、希美《のぞみ》はね。桜花《さくら》は本気でプッツンしてたけど。あそこまで余裕なくすとは、さすがに予想外」

つまり、それって。

希美は意図的に桜花を挑発した、ということだろうか。

「どうして怒ったふりなんかしたの？」

尋《たず》ねると、希美は数秒間青空を見上げて言葉を選ぶそぶり。

「……今日《きょう》は、絶対に出かけなきゃって決めてたから。響《きょう》と二人きりで、ね。だから、桜花に『もう知らない！』って言わせたかった。あんな風にイジれば必ずそうなるって自信があったわ。わかるの。家族だもん」

静かに、優《やさ》しく目を細める希美が、なんだかいつもより大人《おとな》びて見えた。

そして、桜花のことが『わかる』と確信できて、実際思惑《おもわく》通りになる希美が、なんだか羨《うらや》ましかった。

「まあ、心配しないで。桜花には後でちゃんと謝っておくから。……うん、ここで良《い》いかしら。響、入りましょう」

「え、このお店で……いいの？」

大通りに出てすぐ、希美が立ち止まったのはどこにでもあるようなチェーンのコーヒーショップ。

かなり意外な選択《せんたく》だった。てっきり、もっと遠出するものだと思っていた。リトルウイングを出てまだ十分も経《た》ってないから、途中休憩《きゅうけい》というわけでもなさそうだし。

「何よ、ここじゃ不満？」

「ううん、そんなことはないけど！　……遠慮《えんりょ》とかはしなくていいんだからね？　午後の練習までに戻れれば、希美の好きなところまでお伴《とも》するよ？」

「遠慮なんてしてないわ。いいの、場所なんてどこでも。……言ったでしょ。出かけるのが目的だって。響と二人でね」

「……希美」

ようやく、理解した。『デート』は、理由付けに過ぎなかったんだ。

希美は初めから、どこにも行く気なんてなかった。ただ、僕と一対一で向き合うため——。

否《いな》。

僕のために、周りを気にせず一対一で向き合える時間を、準備してくれたんだな。

ひとまずは言葉を呑《の》み込み、希美と揃《そろ》って自動ドアを抜ける。ドリンクを注文し、窓際《まどぎわ》の小テーブルに二人して着席。

「ふぅ。……さあ、響。桜花と何があったか、いい加減話してくれない？」

それから、飲み物に口を付けるより早く、希美《のぞみ》はまっすぐ僕の目を見つめてそう切り出した。

「特に何も……っていうのは、もう通用しないよね」

「通用しないわ。響《きょう》もヘンだし、桜花《さくら》はもっとヘン。響がいないときも、最近ずっとヘン。近くにいる二人が揃《そろ》ってヘンになったら、バレバレでしょ。……潤《じゅん》とそらはお子ちゃまだから、『なんだろー？』くらいにしか思ってないみたいだけどね、今のところ」

全《すべ》てお見通し、といった顔で、アイスミルクティーに挿《さ》さったストローを咥《くわ》える希美。

さすがだな、と目を閉じる。どうあっても、既《すで》に誤魔化《ごまか》しは利かないか。

でも、まだ迷いを断ちきれない部分も残っていた。

はたして、僕の口から、僕だけの視点で、夏休み明けから今に至るまでの経緯《けいい》を言葉にしてしまって良《い》いのかな。

それは、桜花に対する不誠実にならないだろうか。

「聞いたこと、希美は誰《だれ》にも言わないわ」

「…………ん」

僕の躊躇《ちゅうちょ》を感じ取ったのか、希美は胸に手を当ててそんな宣言を追加した。

「茶化したいんじゃないの。ただ、響と桜花に、今まで通り仲良くして欲しいだけ。もしかしたら、希美なんかじゃ役に立たないかもしれない。でも、何か伝えられることがあるかもしれない。だから、頼って。ダメもとで良いから。聞いたこと、絶対におしゃべりなんかしない。

潤にもそらにも、もちろん桜花にも言わない。引っかき回して、ダメにしたいんじゃない。よくしたいの。希美に少しでも、響のためにできることがあるなら、それがしたいの」

短く区切られた言葉ひとつひとつが、ずしりと響《ひび》く。希美自身、誰にも本心を伝えなかったために行き違ってしまった過去があるから、僕に同じ過《あやま》ちを繰り返して欲しくないと案じてくれているのが、痛いほど理解できた。

……決めた。伝えよう。

許されるときが来たら、話したことを桜花に謝る。

その日を迎えられるように、希美にすがろう。家族の絆《きずな》に、助けを求めよう。

「ありがとう、希美」

「お礼は、ちゃんと何かできたときに聞かせて」

「……そうだね。そのときに、また改めて。……ええと、ね。実は」

何度か深呼吸で肚《はら》を決めてから、僕は可能な限り私見を排除して、桜花との顚末《てんまつ》を希美に聞いてもらった。

「――それで、こんな風になっちゃって……」

「…………」

僕が口を止めてからもしばらく、希美《のぞみ》は無言で残り少なくなったドリンクをすすり続けていた。幽《かす》かに刻まれている眉間《みけん》の皺《しわ》から、えも言われぬ緊張感《きんちょうかん》を受信してしまうな……。

「僕、どうしたらいいのかな……？」

「……そっち系の話だとは思っていたけど、矢印の方向が逆だったわ。てっきり響《きょう》が桜花《さくら》に無理矢理ちゅーしたとか、そういうのを覚悟していたのに」

「し、しないよそんなひどいこと！」

意外と僕、肉食系に思われているのだろうか。だとしたら生き方を改善しないといけないところだけど、ひとまずそれは胸にしまって。

「つまり、桜花がコクハクだけして、響のことを避けてるのね。桜花が悪い！」

「こ、告白って言い切るには……」

「どこからどう受け止めても告白じゃないの！　……やってくれたわね桜花、希美たちにナイショで。しかも中途半端《はんぱ》で逃げるとか、まさに残念。残念としか言いようがないわ」

やけに憤慨《ふんがい》している希美を前に、ちょっとおろおろしてしまう。や、やっぱり僕だけの言葉だと語弊《ごへい》が生じてるかもしれないな……。

「逃げるというか、なんとなくそれ以降桜花から距離を感じてしまうようになって……」

「それで、どんどんギクシャクして話しかけられなくなった、と」

「うん」

「響も悪い！」

「ごめんなさい！」

ビシッと指され、反射的に額《ひたい》をテーブルすれすれまで下げる。

もちろん、自分でも過《あやま》ちを犯してしまっている認識はあった。

でも、はたしてどうするのが正解だったのかがわからなくて、ここまでズルズルと解決策を見いだせずにいるのだった。

「なんで、そこまで思わせぶりなことを言われて響からリアクションしてあげないのよ。……気付いてる？　桜花、あれで超がつくほど臆病《おくびょう》だってことに。だからいつもいつも大事な場面で残念なの。たぶん今も、ビクビクして毎日過ごしてるわよ。うっかり告白しちゃったのに響が無反応に見えるから、『あたしのこと、なんとも思ってないんだ……』って日に日に怖くなってきて、だから答えを知らずに済むように、どんどん自分から距離を置いちゃってる。まさに自爆」

「あ……」

ふと、先日のとある一幕が記憶に蘇《よみがえ》る。

『何も言ってもらえないのも、それはそれで……ツライ』

あれって、展示委員を手伝って欲しいとお願いしなかったことに対する感想じゃなくて。桜花《さくら》からの、二度目のメッセージだったのだろうか。あの日の、続きの。

だとしたら。僕は二回続けて、桜花の内なる声を無視してしまったことになる。

でも……やっぱり信じ切れない。いや、自信が持てない。

「桜花は、本当に僕なんかのことを……」

「響《きょう》。桜花じゃなくて、自分は？　……響自身は、どうなの？　桜花のこと……その。す、好きなの？　それとも、なんとも思ってない？」

ほのかに頬《ほお》を染めた希美《のぞみ》が、何度も瞬《まばた》きをしながら僕に訊《き》く。

「そ、それは。僕は――」

――もちろん、嫌いじゃない。

そう言いかけたはずの喉《のど》が、石ころでも詰まったかのような閉塞感《へいそくかん》で動かなくなった。

……ダメだ、それじゃ。全然違う。

今、口に出そうとしてやっと気付いた。

僕の中にある、桜花に対する感情は。

嫌いじゃないなんて弱々しい振り幅じゃあ、まったく足りないことに。

「………好き、なんだと思う」

ごくりと生唾《なまつば》を飲み込んでからようやく答えきると、一瞬《いっしゅん》希美の唇《くちびる》がぴくりと震《ふる》えたような気がした。

しかし、すぐにまたその面持《おもも》ちが不満の色で染まっていき、両の瞳《ひとみ》の形が刺々《とげとげ》しくなる。

「思うって、なにそれ……。どうして曖昧《あいまい》なのよ」

じとりと睨《にら》んだまま、不満げに前歯でストローを噛《か》む希美。確かに今のは、言い方が悪くてはっきり想《おも》いを形にできてなかった。もう少し頭の中を整理してから、再度自分の中にある答えを紡《つむ》ぐ。

「桜花のことが、好き。それは間違いない。ただ、この気持ちが……なんていうか。恋なのかどうか、自分でもわからないんだ。好きだ。でも、好きだから、じゃあどうしたいのか……とか考えると、わからなくなる。うまく言葉にできなくなる」

「うわー、お子ちゃまね〜。高校一年生にもなって」

「返す言葉もないです……」

お子ちゃま。その通りなのだろう。たぶんこういう気持ちは、普通だったら小学生とか、遅くとも中学生のうちに済ませていて、僕の歳《とし》になったらみんなもっとその先へと、自然に進んでる。

出遅れているのだ、人として。心をまっとうに、波風に晒《さら》さず籠《こ》もりきってしまったツケで、年相応の感情が磨《みが》かれていない。

「お子ちゃまお子ちゃま。もしかしたら、潤《じゅん》とそらよりお子ちゃまなんじゃない？　残念美人とお子ちゃまがルールも知らずドッジボールしてるんだもん。そりゃ噛《か》み合わないわよ。桜花《さくら》は投げる方向間違ってるし、響《きょう》の球は届いてすらいない」

呆《あき》れられるのも当然だ。未熟すぎて。

だけど、何故《なぜ》だろう。ますます不満げな表情とは裏腹に、希美《のぞみ》の雰囲気《ふんいき》が、どこかふわりと柔らかくなったような気もしてしまうのは。

「……でもね、響。言ってあげて。今話してくれたことそのまんまでも、何も言わないよりはマシ。何も言わなかったら、桜花とは遠くなる一方よ。桜花が、桜花の方からどんどん離れていっちゃう。大丈夫《だいじょうぶ》。響がもっともっと前に出れば、響の球は届くから。手元が狂って自分でも思っていない方に球を投げちゃった桜花を、許してあげて。……希美たちの残念で怖がりなお姉ちゃんを、助けてあげて」

「……ん」

不意に希美は微笑《ほほえ》みを浮かべ、両腕を伸ばし僕の右手をぎゅっと握る。

そうだ、伝えないと。犯した過《あやま》ちの形は、希美のおかげで鮮明になった。ならば、償《つぐな》うこともできるはずだ。今なら、まだ。

たとえこの気持ちが、まだ年相応の『好き』に育っていないとしても。

わからないなんて曖昧《あいまい》な言葉を使わずに、脳がよじれるまでしっかり考え抜いて、僕の今の想《おも》いを全部桜花に届けよう。

「ありがとう、本当に。……希美は、大人《おとな》だね」

「ふふん、そうよ。小学五年生を甘く見ないコトね」

空《あ》いていた左手をそっと希美の掌《てのひら》に重ねると、ぬくもりの中でぴくりと指先が動いた。

「頑張ってみる。今できる、精一杯を」

「そうして。今日《きょう》じゃなくていいから、なるべく早くね。……さて、希美先生の大人の恋愛教室は、これにて終了！　帰りましょうか。響、今お仕事いっぱいだもんね。これ以上時間をとっちゃったら悪いわ」

「それは、本当に気にしなくていいのに。他《ほか》にもしたいことがあったら、なんでも言ってくれて構わないんだよ？」

「ん～……」

遠慮《えんりょ》は不要と伝えつつとりあえず席を立って、僕を先頭にお店の外へ出る。


――ぽすん。


そうして、往来に出た直後だった。そっと後ろから、僕の腰に希美の両手が回され、背中にぴたりと肌《はだ》が寄り添う感触に包まれたのは。

「……希美？」

「あのね、響《きょう》」

「な、なんでしょう？」

「好き」


「…………………………え」

しばらく、神経がフリーズしたかのように全身が動かせなくなった。

「希美《のぞみ》も、響のこと…………好き」

「……………っ」

振り返れもせず、返事もできず、時間だけが流れる。

ほんの数秒の沈黙だったと思う。けど、僕にはそれが何時間にも感じられた。

「——でもね、ヘンなの。響のこと、好きなのに。もし、桜花《さくら》と響が上手《うま》くいって、その……こ、コイビトになってもね。喜んで、応援できる自信もあるの。大人《おとな》って言ったけど、あれ、ウソ。やっぱり希美もお子ちゃまだわ。大人のオンナなら、きっとこんなわけわかんない気持ちにならないもん」

「…………」

まだ僕は、何も言えない。

ただひとつ確かなのは、今湧《わ》き上がる感情が、『嬉《うれ》しさ』以外の何物でもないこと。それだけだった。

「…………はい、サービス終了！」

「さ、サービス？　え、えっと……」

魔法を解くように、勢いよく背中から離れて僕の前に躍り出る希美《のぞみ》。

「今のは、忘れていいわよ。ただ、教えてあげただけだから。響《きょう》『なんか』のことを、特別に思っちゃう人もちゃんといるってことを。少なくともこの街に一人以上は……ね」

優《やさ》しい笑みで、少しだけ頬《ほお》を赤くして、希美はワンピースのスカートを逆光の中で揺らした。

まるで、西洋の美術館に飾られた絵画のように美しくて、ますます胸の鼓動《こどう》が激しくなる。

「…………その、希美。僕は――」

「忘れていいって言ってるでしょ！」

「うわっち!?」

脛《すね》に鋭いローキックが飛んできた。記憶《きおく》が飛ぶくらいに強烈《きょうれつ》な一撃が。

「～～～～～っ。そ、その部位は歴史的な急所……！」

「大丈夫《だいじょうぶ》。本音だから。ウソじゃなく、今は忘れて。……でも、もしもう一度、同じことを伝える日が来たら。そのときはきっと希美も、本物のオトナに――」

「ご、ごめん、途中からよく聞こえなくて……いたたた」

「え〜、忘れてって言っただけよ？　ほーら響、さっさと歩く」

「ま、待って……あと五秒、いや十秒、せめて……」

先に進んでしまった希美の背中を涙目で見つめたまま、それ以上の意思表示を断念。

しゃがみ込み、眩《まぶ》しさに目をすぼめながら足に負ったダメージの回復を待ちつつ、ひとつだけ確信する。

……やっぱり。希美は既《すで》に、僕よりもずっとずっと大人《おとな》だ、と。


♪


結局三十秒遅れで希美を追いかけた後は、リトルウイングに戻って予定を早めバンド練習を開始した。

あまりにも早い帰宅に潤《じゅん》もそらも不思議がっていたけど、希美が満足げだったので心配しないことに決めてくれたようだった。

お店を出た直後の一件に関しては、本当にもう触れなくていいという様子だったので、悩んだ末お言葉に甘えることに。また甲斐性《かいしょう》のない振る舞いをしでかしているのでは、と心配にもなるのだけど、今まっさきに考えなくてはいけないことを教えてくれたのも希美なので、その心遣《こころづか》いを裏切らないことが先決だと頭を切り換える。

「ちゃんと、言わないとな。桜花《さくら》に、僕の気持ちを」

帰宅し、自室のベッドで横になって天井を見つめること、はや数時間。脳内議会は、牛歩戦術の被害を被《こうむ》り遅々として進まない。

できれば明日《あした》にも、動き出したいのだけど。

まず、第一声はどうしよう。

『桜花、この前のチャンスうんぬんの話だけど――』

「ボツ！ ……話にならない」

なんだその自信過剰《かじょう》、自意識過剰は。ジゴロか。三年間の引きこもりで熟成した勘違《かんちが》い系ジゴロか。間違いなく、本題に入る前に拒絶される。

「む、難しい……。切り出し方も、いちばん伝えたいことも、全然言葉にならない」

改めて、こじらせすぎてしまったことを実感する。おそらくは、あの日走り去った桜花をすぐに追いかけて、ちゃんと向き合うべきだったのだろう。それが最も誠実で、最も誤解を生まない選択肢《せんたくし》だった。

とはいえ、後悔《こうかい》先に立たず。こうなってしまった以上、なんとかして今からでもあの瞬間《しゅんかん》をやり直す方法を見つけないと。

「悩むだけ、無駄《むだ》かなあ……」

やっぱりきっかけに関しては、出たとこ勝負しかもはや道は残されていないか。いくらシミュレーションしても、この僕に巧《たく》みなタイミングを演出なんてできる気がしない。さりとて、逃げるわけにもいかないのだ。このままなんて、嫌《いや》だ。桜花と、いつでも気兼《きが》ねなく話ができる関係に戻りたい。

たとえそれが、僕の中でおぼろげに存在する理想とは、違う形であったとしても。

「……理想、か」

どうなるのが、僕にとっていちばん理想的な桜花との関係なのだろう。

前みたいに、一緒に子どもたちを見守って、たまに釣《つ》りに連れて行ってもらって。そうして、穏《おだ》やかに過ぎていく日々か。

それとも――。

ひたすら悩んでいるだけで、あっという間に夜は更《ふ》けていく。久しぶりに音楽ソフトすら立ち上げないまま、一日を終えてしまった。

他《ほか》の作業に支障をきたさないためにも、これ以上引きずるべきではなさそうだ。

♪


「じゃあ、いってくるね。お弁当ムリして作らせちゃってごめん」

「べ、別にこれくらいの早起きなんでもないから気にしなくて良《い》いってば。それじゃ、学園祭の準備頑張ってね。私も見に行ってあげるから」

「ありがとう。うん、ぜひぜひ。いってきます」

翌朝、いつもよりだいぶ早く家を出ようとする僕に、くるみがお手製の昼食を手渡す。本当になんとお礼を言って良いやら。石動《いするぎ》さんたちと相談して朝活を始めることになったので昼は自分で調達すると伝えたのだけど、くるみは僕に合わせて起床を前倒しにしてくれたのだ。

なお、お風呂での営みも変わらずに行われた。職人冥利《みようり》に尽きる。

「はふ……」

玄関を出て、だいぶひんやりしてきた夜明けの空気を肌《はだ》に感じたとたんあくびが漏《も》れ出た。

案の定というか、あんまり眠れなかったわけで。どうせ悶々《もんもん》としてしまうならと深夜にドラム音源をいじり始めてしまったのは失敗だったかもしれない。

「気合い、入れていかないとな」

自らを鼓舞《こぶ》し、意識して背筋を伸ばしながら駅まで歩く。発車間際《まぎわ》に飛び乗った電車は普段よりだいぶ空《す》いていた。

それでも、同じ車両内にうちの高校の制服がちらほらと確認できる。面識はない人たちばかりだけど、もしかしたら皆学園祭に向けての早出なのかもしれない。

「おはよ～貫井《ぬくい》っち。いや～眠いね～」

「低血圧には辛《つら》い……」

スムーズに教室へたどり着くと、既《すで》に石動さんと水野《みずの》さんが机を六つくらいくっつけて作業スペースを確保してくれていた。二人にも早起きを強《し》いてしまって感謝が再燃する。

「おはよう。ごめんね、時間使わせちゃって」

「こらこら、交換条件なんだからシタテにでなくていーって」

「音楽作ってくれればそれで問題ない」

流れで謝ってしまったけど、全然気にしてない雰囲気《ふんいき》だったのでそれ以上はへりくだり過ぎないようにする。そうだな。展示と演劇部のお手伝い、両方の責任をしっかり果たすことが最大級の誠意となるのだから、ミスでもやらかさない限り『ごめん』は封印しよう。

「わかった、ありがとう。今日《きょう》は何から始めようか？」

「間違い探しのネタはまだ出きってないけど、仕切り板とか案内パネルとか絶対に必要になるものがあるから、まずはそういうのを作っちゃおうと思ってるんだ。ついでに頭捻《ひね》りながら」

二人の対面《といめん》に腰掛け質問すると、迷わず答えてくれる石動さん。さすが演劇部で大道具担当というだけあって、もう既《すで》に頭の中で設計図が完成しているみたいだ。

ほんと、二人が手伝いを申し出てくれなかったらどうなっていたことやら……。何度感謝しても感謝しきれない。

「了解です。じゃあ僕は……」

「この厚紙を全部、四等分にして。カッター、使える？」

「大丈夫《だいじょうぶ》、そのくらいだったら」

水野《みずの》さんが渡してくれた画用紙サイズの束を、両手で受け取って頷《うなず》く。

……正直に言うと、こういう工作とは縁遠いところで生きていたので過去にカッターナイフを握ったのがいつなのかさえ覚えてないんだけど。しかしこの段階で『自信ありません』などと返すのは情けなさの極み。まあ、四等分ならなんとかなるだろう。きっと。

「けっこうな枚数あるんだね。それも色とりどり」

「うん、テキトーに貼《は》り合わせてパネルの壁紙《かべがみ》にしようと思って。ベニヤ板丸だしじゃかっこ悪すぎだからね～」

なるほど、言われてみれば淡色系で揃《そろ》えられた厚紙は、それぞれ色合いの相性も良さそうだ。コストを抑えて華《はな》やかな空間を演出する素敵なアイデアだと、素人《しろうと》の僕にもわかる。

「こんな感じ……でいいのかな」

「そうそう。ばっちし！」

二人の見よう見まねで下線を引き、段ボールで机の上を養生《ようじょう》しつつ定規を使ってはじめての裁断。なんとか一枚目は変に蛇行《だこう》することもなく、カッターの刃が滑《すべ》ってくれた。この調子でどんどんいこう。

「貫井《ぬくい》君。桜花《さくら》とは、どう？」

「えっ⁉ ど、どうって……？」

「演劇の話、少しくらいは話題に出て来ない？ まだ絶対ヤダ状態なのかな～」

「あ、ああそっか。そうだよね。……ごめん、あれから桜花とはあんまり話しするチャンスがなくて」

「そう、残念」

一瞬《いっしゅん》、僕の決意が漏《も》れ伝わってしまったのかとびっくりした。冷静に考えればそんなはずないんだけど。

……二人にこれ以上迷惑をかけないためにも、やはりなるべく今日中《きょう》に桜花と向き合わなければ。もちろん、それで桜花が役を引き受けてくれる保証にはならないのだけど、少なくとも今のままで承諾《しょうだく》を得られる可能性は相当に低いのだから。

いつ、切り出すチャンスがあるだろうか。放課後。あるいはお昼休み。……大穴で、朝。つまりこの後すぐ。

——こつ、こつ。

「っ」

廊下から足音が聞こえて、思わず身構えた。結局歩みはこの教室に到達するより早く途絶えてしまったけれど、胸の鼓動《こどう》はなかなか治まらなかった。

そうだよ、な。当たり前ながら、遠からず桜花《さくら》も登校してくるのだ。この教室に。次の足音かもしれないし、もう少し先かもしれない。

そのとき、はたして。話をするきっかけ作りを——

「うわっ⁉ 貫井《ぬくい》っち、手！ 手！」

「え…………あれ？」

突然、石動《いするぎ》さんが大きな声をあげ、ふと視線を下げた直後に浮かんだ単語は、なぜか『人体の神秘』だった。

「刃、出し過ぎ！」

「刃物を持ってよそ見しちゃダメ！」

顔面蒼白《そうはく》となった二人をよそに、僕はしばし的外れな思考に囚《とら》われ続ける。

……本当に、不思議だ。なんで、こんなざっくり左手にカッターが刺さって、血も出ているのに、指摘されるまで痛みすら感じていなかったのだろう。

「これで押さえて、保健室！」

すかさず立ち上がった水野《みずの》さんが手持ちのポケットティッシュから中身を全部抜き取り、僕に渡してくれる。

「ありがとう。ごめん、やっちゃった」

「いいから早く！　ほら、行こう！」

「あっ、大丈夫大丈夫《だいじょうぶ》。一人で行けるよ。……ごめんね、本当に」

「謝らなくていいから早く保健室！」

二人にまくし立ててもらい、ようやく僕は立ち上がって小走りに教室の外に出る。

自分でも、こんなに呑気《のんき》でいられる理由がわからなかった。

階段を下りながら、じわりとティッシュを浸食《しんしょく》し続ける赤色を見て、脈略なく思う。

そっか。僕、ちゃんと生きてるんだな。

幸いにして養護の先生がすぐ手当てをして下さり、滞《とどこお》りなく止血は完了した。

切った場所は小指の付け根と手首のちょうど真ん中くらいだし、傷も最初の印象より浅かったので日常生活には支障なさそうだ。さすがに時間が経《た》つにつれ痛みは感じるようになってしまったものの。

「あー。恥ずかしい……」

ベッドに横たわりながら、溜息《ためいき》を漏《も》らす。僕としてはすぐにでも戻りたいところだったのだけど、『顔色が悪い』と、しばらく安静にするよう仰《おお》せつかって絶賛パーテーション内占拠中なのであった。

……これ、いつまで動いちゃダメなのかな。先生は『ちょっと用事がある』と先ほどどこかへ出かけてしまったので、現在保健室内は僕一名。何かあったら職員室に、とは言われているけど、それも大げさな感じがしてあまり気軽に問い合わせる気になれない。しょうがない、戻っていらっしゃるまでは待機かな……。

「——響《きょう》っ⁉」

「えっ？」

覚悟を決め目を閉じた瞬間《しゅんかん》、勢いよく仕切りのカーテンが開いた。顔を持ち上げれば、そこには額《ひたい》に幾筋《いくすじ》もの汗を垂らした桜花《さくら》が。

「ど、どうして？」

「どうして、じゃないわよ！　石動《いするぎ》さんと水野《みずの》さんからメッセージ届いて、ほんとにびっくりして……！　だからムリするなってあれほど言ったじゃないの！」

切羽詰《せつぱ》まった顔で、ベッドの脇《わき》に身体《からだ》を密着させる桜花。……もしかすると、だいぶ深刻度を重く盛られちゃったのかもしれないな。

「だ、大丈夫《だいじょうぶ》だよ。ほんのちょっと切っただけ」

「でも、手でしょ!? ギターとか、弾けなくなったら……!」

安心してもらえるよう包帯で巻かれた患部を掲げると、桜花は僕の腕をぎゅっと両手で握りしめてくれた。

すごく、案じてくれているのが伝わって不謹慎《ふきんしん》にもちょっとだけ嬉《うれ》しくなり、それ以上に申し訳なさがとめどなく溢《あふ》れてきた。

「……ごめん。周りに迷惑掛けないで、ちゃんと全部こなさなきゃって思っていたのに。こんな体《てい》たらくで」

半身を起こし、深々と頭を下げる。

「…………………っ」

すると桜花は不意に面《おも》持ちを憂《うれ》いの色で染め、僕の左手にこつんと額を重ねた。

「……謝るのは、あたし。響ががんばるって決めたのに、手伝うどころか避けるみたいにしちゃって。ぜんぶ、自分が悪いのに。なんか……勝手に空回《からまわ》りして。どうしていいかわかんなくなって。それで、いろいろ……逃げちゃって」

「桜花。……違うよ。やっぱり、僕が謝らなきゃ。僕こそ、桜花と向き合う勇気を出せなくて、何も伝えないで逃げてた。また昔みたいに、閉じこもろうとしてた」

わずかに、桜花《さくら》が僕の腕にこめた力を弱める。

何かが、少しだけ。優《やさ》しくほどけたような気がした。

――幸運だったのかも。

なんて、明らかに場違いな想《おも》いが胸に宿る。

この傷も、流れた血も。対価だと思えば安いものだったように思えてしまって。

「もう、平気なの？　痛くない？」

「うん。本当に大した怪我《けが》じゃないんだ。だから、心配しないで」

微笑《ほほえ》みかければ、桜花も溜息《ためいき》交じりに安堵《あんど》して頬《ほお》を緩《ゆる》めてくれる。

いつぶり、かな。こんな風に、自然に任せて笑い合えたのは。

「なら、あたしは教室に行くね。念のため、響《きょう》はもう少しだけ安静にしてて」

「あ……あの」

ゆっくりと僕の手をベッドに下ろし、一歩後ろに下がった桜花を、微妙に迷いながら呼び止める。

……どう考えても、このまま別れるべきじゃないよな。

「な、なに？」

少し緊張感《きんちょうかん》を露《あら》わにして、視線を逸《そ》らす桜花。

僕の勘違《かんちが》いかもしれない。それでもちゃんと、伝えておかなければ。今何よりも、伝えるべきことを。

「桜花」

「は、はいっ⁉」

「ええと、その。…………教室に帰る前に、着替えた方が」

「へ？　……………………っ⁉」

そんなことを言われるのはまったく予想外といった感じできょとんと視線を下げた桜花の顔が、瞬時《しゅんじ》にもの凄《すご》い勢いで真《ま》っ赤《か》に染まっていく。

と、いうことは。やっぱり勘違いじゃなかった。

桜花の服装、わざとじゃなかったんだな……。

「あ、ああああああっ⁉　ど、どうしよう⁉　パン屋の制服のまま学校来ちゃった！」

そうなのだった。切り出すタイミングを見つけられずにいたけど、今、桜花が身に纏《まと》っているのはなぜか高校の制服ではなく、メイド服にしか見えない黒のミニ丈《たけ》エプロンドレス。

……そっか、バイト先から、まっすぐ駆けつけてくれたんだ。

その事実は、たまらなく嬉《うれ》しい。

「～～～～～～～～～～っ！」

桜花が膝《ひざ》から床に崩《くず》れ落ち、両手で顔を覆《おお》って震《ふる》えているこのタイミングでは、なかなかお礼を言いづらいけれども。

事実上のメイド服で、電車に乗って校門をくぐってきたということだもんな……。心中お察し申し上げます、というか。なんというか。

♪

「(よし、今だ!)」

柱二つ分ほど先行し、振り返って合図を出すと、桜花《さくら》が物陰から飛び出して全速力でこちらに向かってくる。

今日《きょう》は体育もなかったので、着替えを入手するにはバイト先まで戻るしかない。ということで、周りに見つからないようまずは学校の外まで桜花を誘導することにした。

まさか、こんな形でリアルスニーキングミッションを体験できるとは。

「……はぁ、はぁ。……ごめん響《きょう》、ほんとに」

「ううん。僕が怪我《けが》したのが原因と言えば原因だし」

廊下に飾られた熱帯魚の水槽《すいそう》の裏で息を整え、しゅんとする桜花に笑顔でかぶりを振る。それはそれとして、いくら着慣れていても、やはりお店の外での恥ずかしさは並大抵《なみたいてい》のものではないのだろう。中腰のまま、両手でスカートの後ろを押さえつける姿にえも言われぬ背徳感《はいとくかん》を感じ、僕は慌《あわ》てて視線を持ち上げる。

「とりあえず、学校を出るまでは慎重《しんちょう》に慎重を重ねようか」

「……申し訳ないけど、お願い。知り合いにだけは見られたくないから」

桜花のバイト先は、近しい人しか知らない。この制服は普段の桜花とだいぶイメージが違うので、是《ぜ》が非でも隠し通したいみたいだ。

よし、ならば久々に全力を出そう。これが、『引きこもりの外出スタイル（主にコンビニ）』だという、人目を避けるための秘術。今再び封印を解くとき。

「よし」

「……す、すごいね響。意外な才能」

ということで無事、桜花を校門の外まで誘導。道ばたで立ち止まって雑談するおばさんトラップが存在しないから、難易度としては大したことなかったな。

まだ通学途中の生徒に出会う危険性はあるものの、オープンフィールドに出てしまえばこっちのものだ。駅から高校までは非常にわかりやすい道筋なので、逆にわざと遠回りすればエンカウント確率はほぼゼロとみて問題ない。

「問題は電車だよね……。さすがに身を隠すところがないから」

既《すで》に桜花は来る際この格好で乗車してしまったのだろうけど、そのときは着替え忘れていたことに気付いてなかったみたいだから『一回も二回も変わらない』なんて乱暴な理屈は通用するまい。

「あ、あの、響《きょう》。助けてくれるの、ここまでで充分だからね？　バイト先まで付き添ってもらったら確実に遅刻しちゃうし……」

遠慮《えんりょ》がちに、僕の顔を覗《のぞ》き込む桜花《さくら》。『いや、自分にも責任が……』と、また同じことを言いかけたけど、思い直して、呑《の》み込む。

もっと、素直になろう。ちゃんと届くように。

「そばにいたいから、一緒に行かせて欲しいんだ。いいよ、別に遅刻しても」

「っ」

桜花の肩が小さく揺れた。ドキドキする。迷惑だからやめてくれって、断られちゃうかな。

「……ありがとう。ほんとはね、あたしも付いてきて欲しかった」

はにかんで、桜花が頷《うなず》いてくれた瞬間《しゅんかん》、嬉《うれ》しさのあまり腰が抜けそうになった。

「よし、行こう」

「うん、お願い」

本当は、もっともっと、今までせき止めていた想《おも》いをなんとかして伝えたかったけど。

「……っ⁉」

「……っ⁉」

曲がり角から突然二人の女子生徒が顔を見せて、僕たちは即座に電柱の陰に潜《ひそ》む。

……うむ。それはひとまず保留して、まずは服を何とかしよう。

「桜花、あそこ……！」

「う、うんっ」

時刻表をよく確認し、電車が到着するギリギリを狙《ねら》ってホームに躍り出た僕たち。計算通りジャストタイミングで開いたドアに飛び込むと、椅子《いす》の端とドアの間にできた三角スペースが運良く一箇所《かしょ》だけ空《あ》いていた。そろりと人波をすりぬけ、桜花を隅《すみ》に押し込んで正面に僕が立つ。これでいくらか、他人の目を欺《あざむ》けるのではないだろうか。

「……うう、恥ずかしい」

そのぶん、僕は公衆の面前でメイド服姿の桜花と密着状態になってしまうのだけれど。いや、違うんです。断じて役得成分を積極的にゲットしたかったわけではなく、あくまでこれは任務遂行《すいこう》のため最もベストなフォーメーションを追求した結果でありまして。

なんとなく脳内で言い訳を重ねてしまいながらも、頬《ほお》を染め俯《うつむ》いた桜花をこの頼りない身体《からだ》で守りきろうと試みる。

どうか、このまま目的の駅まで穏便《おんびん》に済みますように……。

「（お、おい。見ろよ、あの隅にいる子の服……！）」

「(な⁉　ま、まさか。メイド服……⁉)」

電車が動き出して数秒もしないうちに、僕の願いは虚《むな》しくも天に拒まれてしまったような予感がする。向こうの席に座っているスーツ姿の男性二人組、明らかにこっちを意識している気配が……。

「(早朝に、俺《おれ》たち社畜《しゃちく》の前で電車内コスチュームプレイとは……やってくれる)」

「(しかもなんだ、あの野郎。高校生が、通学前にこんなところで自分の女調教してんのか……？　ハハッ、よほど世界のすべてを敵に回したいらしい)」

「(あんなレベル高い娘《こ》を、あんなひょうろく玉が。……死ね)」

「(死ね。いっそ地球ごと滅べ。こんな不平等な世界ッ……！)」

思い違いであって欲しい。……その可能性は限りなく低いけれど。

「響《きょう》……なんか、見られてる気がする……」

肩をすぼめ、僕の服の裾《すそ》をぎゅっと摑《つか》む桜花《さくら》。

ま、守ってあげないと。一番恥ずかしいのは桜花なんだ。僕がひるんでどうする。

「こ、これでもう少し隠れるかな……」

苦肉の策で、椅子《いす》の端に自分の身体《からだ》を押しつけ、さらにドア側の手を桜花の肩口近くに突き立てる。

見た目、人生初の壁《かべ》ドン(新解釈バージョン)。まさか自分がやる日が来るとは。いや、形だけで実際に『ドン』してるわけじゃないんだけど。

「あ、あんまり見ないでね……。汗かいてるし……」

桜花との距離がさらに縮まり、鼻腔《びこう》を桃《もも》の香りが突き抜ける。

多方面の理由により、もはや気絶する寸前だった。


♪


「ふぅ……」

精根枯れ果てた。

どうやって電車を降りて、駅から外へ抜けたのかほとんど覚えていないのが不安だ。ちゃんと僕は、桜花をエスコートできたのかな。

とにもかくにも、なんとか無事任務を果たし終え、今は桜花のバイト先であるベーカリー『Saonois《サオノア》』の裏口前。ビルの隙間《すきま》から抜けるような青空を見上げると、遅れて達成感がじわりと湧《わ》いてくる。

「お、お待たせ」

「お、おかえりなさい」

ほどなく、背後で鉄扉《てっぴ》が音をたてながら開いて桜花が顔を出した。もうちゃんと、普段の制服姿に戻っている。

「…………」

「…………」

改めて対面し、まず交わすべき言葉がわからなくなる。しばし見つめ合いながら、僕たちは路地裏で沈黙を共有する。

「…………ぷっ。ふふっ、ふふふふっ！」

突然、桜花《さくら》が噴き出し、そのまま大笑いに突入してしまった。もしかして僕、変な顔でもしてたかな……。

「ど、どうしたの？」

「やー、もうさ。あたし、ほんっとバカだなって思って、笑けてきちゃって。うん、残念だ。残念としか言いようがないよね。美人かはともかく」

ツボに入ってしまったようで、桜花は両手をみぞおち辺りで組んで背中を丸める。よかった、気付かずに何か失敗してしまっていたわけじゃなくて。

「美人だと思うよ。残念かはともかく」

ほっとしたせいか、浮かんだままの感想がするりと出てくる。

「……そういうの、真面目《まじめ》な顔で言うの禁止」

ぴたりと笑うのを止め、わずかに口をすぼめる桜花。禁止されてしまった。無念。

「そろそろ、行く?」

「うん。……でも、完全に遅刻だね。ほんとゴメン。巻き込んじゃって」

「気にしないで。むしろ、僕の方こそごめん。かすり傷で心配かけちゃって」

「それは石動《いするぎ》さんたちが戦犯。……響《きょう》、死にかけてるのかと思ったもん」

どんなメッセージを送ったんだろう……。見せて欲しいような、見るのが怖いような。

「今からまっすぐ向かったらもろに一時間目の途中だよね。教科なんだっけ?」

「えっと、確か化学……うわー化学なんだぁ。よりにもよって」

渋面《じゅうめん》で頬《ほお》に手を添える桜花。怖いんだよな、化学の先生……。

時間調整して、休み時間に着くようにしようか——。

そう持ちかけようとして、直前で呑《の》み込む。

なんか、珍しく悪戯心《いたずらごころ》が芽生えちゃったかも。

「……桜花。いっそ、サボっちゃおうか。このまま」

「えっ」

桜花が驚《おどろ》いて目を見開く。うん、断られたらそれはそれで構わないんだけど。

つい、思ってしまったのだった。もう少し、二人きりでいたいと。

「響の口から『サボる』なんて言葉が出るなんて思わなかった。ふふっ、ちょっと意外」

「そうかな? これでも三年間連続で学校サボり続けた前科持ちだよ?」

「……あははっ！　言われてみれば確かに」

今のもわりと笑いのストライクゾーンに入っていたみたいで、桜花《さくら》は口元を押さえながら肩を揺らす。何はさておき、怒られなくて良かった。

「…………そう、だね。今日《きょう》はこのまま、どこか行っちゃおっか」

しばし黙ったままでいると、桜花がゆっくり顔を持ち上げ、迷いの色を覗《のぞ》かせずに頷《うなず》いてくれた。

「そうしようよ。こうなったら、とことんやろう」

「うん。毒を食らわばナントカ――だね。響《きょう》は、何かしたいこと、ある？」

したいこと……か。

想像を巡らすと、一瞬《いっしゅん》で鮮明な風景が脳裏に浮かんだ。

「……海が見たい、かな」

「海……」

ほんのひと月前まで、自然とそうしていたように。別に釣《つ》り竿《ざお》なんてなくていい。ただ、また。桜花と一緒に水平線を見つめたかった。

「……そうだね。天気も良《い》いし、行こう。場所《い》、あたしに任せてくれるかな？　前から一度、行ってみたかったところがあるんだ。ちょっと遠いから、ずっと迷ったままだったんだけど」

「うん、どこでも。どこまででも」

頷き合って、僕たちは初秋の空の下を歩き出した。

♪


駅を目指しながら、それぞれ学校指定のネクタイとリボンをそっと外す。こうしてしまえば特に特徴のない制服だし、どこの高校かはそうそうバレないだろう。遠出するならなおさら。

「シャツ、外に出しちゃった方がいいよ。その方が、ぱっと見制服っぽくないし」

「なるほど……」

桜花のアドバイスに従い、ベルトから裾《すそ》を引っこ抜く。また一つ校則を破って、余計にそわそわした気持ちが膨《ふく》らんできた。

でも、もういいや。今日だけは覚悟を決めて、いけないことをしてやる。

「路線、どれだっけ？」

「んーとね、こっち」

運賃表を眼《め》で追い、経路を確認してから電子カードで改札を抜ける。

目指すべきは、ひたすら南だ。

「注目浴びちゃってるかな……？」

「そうでもないでしょ、大丈夫《だいじょうぶ》。ていうか、もう多少見られるくらいぜんぜん気にならないし。さっきに比べたら全然マシ」

「はは。確かにそっか」

椅子《いす》に横並びで腰掛け、周りをちらりと確認しつつひそひそ話。出発してしばらくの間は街《まち》中《なか》を通っていたのでそれなりにお客さんの乗り降りがあったけど、やがて車窓の外に緑色が増えてくるに従い、車内は人もまばらになってきた。

おかげでようやく緊張《きんちょう》も解《ほぐ》れてきたころ、背後に海岸線が広がる。

「今のところ、波もなくて凪《な》いでるね。このままだといいな」

「うん。でもあんまり釣《つ》り日和《びより》だと、桜花《さくら》はうずうずしてくるんじゃない？」

「失礼な。そこまで頭の中、魚一色じゃないってば……」

「ごめん、冗談冗談」

身体《からだ》を捻《ひね》って外を見て、すぐ戻す。うーん、迷ってしまうな。もう、海を堪能《たんのう》してしまうべきかどうか。目的地まで楽しみをとっておきたい気もするし、でも。

この時間も余さず全《すべ》て、大切にしたいとも思う。

「…………」

「…………」

会話は、少なかった。でも、ぎこちなさなんて感じない。

無理してまで喋《しゃべ》り続けなくても大丈夫《だいじょうぶ》。……ああ、そうか。やっとそんな風に思えるところまで、もう一度桜花に近づけたんだ。

電車は揺れ続け、僕たちを運ぶ。

最果《さいは》ての、一歩手前まで。

「んー。さすがにここまで来ると、けっこうな移動距離だね」

終点で降り、駅舎を出て僕はぐっと背伸びする。辺りにはヤシの木なんかも植えられていて、陸続きなのにどこか南国までやってきた気さえしてしまう。こころなしか、気温も高くなったような。単に陽《ひ》が昇っただけかもしれないけど。

「残念ながらまだ着いてないけどね。ここからはバス移動です」

「望むところですとも」

スマホで目的地を再確認した桜花に、力強く頷《うなず》く。もちろん、今さら難色なんて示さない。

運良くすぐに到着したバスに乗り込んで、さらに南へ。目的の停留所で降り、歩くこと十分ほど。

サイドビューだった海が、今度は真っ正面に迫る。

ついに、たどり着いた。大きな半島の、先の先まで。

——野島崎《のじまざき》、という名らしい。

真っ白い灯台を構えた小高い丘。ここが、孤島を除けば関東最南端。

「こっちから回った方が近そうだね。……行こう、響《きょう》」

「うん。楽しみだ」

案内板を見てから、岬《みさき》の左側を進む。お土産屋《みやげや》さんや食堂が連なるロータリーの小脇《こわき》から、松林の中へ。やがて道は舗装路《ほそうろ》から土に、そして、ごつごつとした岩の間を突き抜ける石畳《いしだたみ》へと変化した。

左手側には、海。眼《め》の前にも、海。右側は吹きさらしの岩場。ぶつかり合う波と波の間に白くサラシが広がっていて、いかにも生命観に満ちあふれている。

いやはや、こんな感想にすぐたどり着いてしまうのも我ながらだいぶ毒されたな、と思うのだけど。

すごく、釣《つ》れそうな雰囲気《ふんいき》だ。

「……………」

あ、桜花《さくら》が明らかにうずうずしている。

「釣り竿《ざお》、持ってくればよかったね」

「な⁉ い、いらないってば今日《きょう》は！」

「……………そういえば。ルアーだけならあるよ」

「え、なんで……⁉」

ふと思い出して、僕は鞄《かばん》からずっと返せずにいた桜花の所有物を取り出す。

「はい、これ」

「あ。……サイレントアサシン」

いつぞや、僕の額《ひたい》を正確に射貫《いぬ》いたフローティングミノー。やっと渡すことができた。

「針と糸だけ結んで投げ込んだら、何か食ってくるかも」

「取り込めないでしょ、もし魚かかっても。……いいの、本当に。今日は釣りの気分じゃないから。海、見るだけで充分」

「そっか。よかった」

それ以上余計なことは言わず、口を噤《つぐ》んで歩き続ける。

「………わ」

先端近くまで来て、そこに在《あ》ったものが視界に飛び込んできた瞬間《しゅんかん》、自然と声が漏《も》れた。

「なんか、不思議な感じだね。噂《うわさ》に聞いていたけど、実際に見るとぜんぜん違う印象」

五メートルほどせり上がった岩肌《いわはだ》の磯《いそ》。その上にぽつんと一つだけ、白いベンチが置いてあったのだ。

まっすぐ、海を見下ろせる場所に。

「座る、よね？」

「うん、座ろ。そのためにここまで来たんだもん」

確かめるまでもなかったろうけど、それを合図とするように僕たちは急坂の斜面に近付いた。

桜花が先に手近な足場を踏み、後から僕。間違いなく、こういうところを登ったり下りたりし慣れているのは桜花《さくら》の方だから、むしろ自分の方が危なっかしくなるかもしれない。それでも、もし足を滑《すべ》らせてしまったとき支えになれるよう、すぐ後ろを着いていく。

あらゆる筋肉が頼りないもやしっ子だけど、大丈夫《だいじょうぶ》。桜花の細身なら、ちゃんと受け止められるはず。


『…………』


無事頂上まで到達して、そっとベンチに腰をおろす。

見渡す限り、本当に何一つ遮《さえぎ》るものなどない眼下に、紺碧《こんぺき》の世界が広がった。

のどかな風景という形容は、当てはまらない。力強く波がうねり、足場の高さも相まって幽《かす》かに恐怖も感じてしまう、誤魔化《ごまか》しのない真実の海だった。

勇気が足りなければ向き合えない。どんな激情を、底に潜《ひそ》めているのかわからない、生きた海。だからこそ、こんなにも美しく尊《とうと》いのかもしれない。

幸運にも、僕たち以外に人が近付いてくる気配はなかった。

世界で、桜花と二人だけ。この場所ならそう思えてしまう。


「桜花のこと、好きだよ」

「…………っ」

後先なんて何も考えずに、いきなり胸の内からこぼれてしまった。頭の中なんて、ずっとぐちゃぐちゃしたままだ。伝えて、どうなるのか、どうしたいのかなんて全然わからない。足許《あしもと》で寄せては返す波のように、砕けて散るならそれでもいい。だとしても。生きてるから、止まれない。

「……どんな風に、好き？」

「わからない」

「潤《じゅん》より好き？」

「わからない」

「希美《のぞみ》より、そらより好き？」

「わからない」

「わからないばっかり」

「……ごめん」

人類史上最低の応答をしている自信があった。

だけどなぜか、僕も桜花《さくら》も、ずっと笑顔だった。

「…………ありがとう。あたしもね、響《きょう》のこと……好き」

コンセントの穴に指でも突っ込んだのかと勘違《かんちが》いするくらい、全身がしびれる。

「ほんとはね、それだけで充分だったんだ。好きって思っていられれば、それでなんだか、毎日楽しかった。潤たちと一生懸命音楽してる響が好きだったから、その時間を大切にして欲しいって思ってた。……ううん。過去形じゃなくて、今も思ってる。ひとりじめなんて、できなくていい。なのに、ごめんね。あのとき、響とあんまり話せない時間が続いたから、『せめてもう少しくらいは構ってよ〜』ってなっちゃったのかな……。それで、変なこと言っちゃって。動かさなきゃ、ダメにしちゃって」

伝えられて、ようやく明確に意識する。

あのとき。桜花も決して、『変化』を目的にしていたわけではないことに。

「響のこと、好き。……でもね、実はあたしもわかんない。好きだから、どうしたいのって自分に訊《き》いても、答えなんて出ない。好き。それだけで、充分。音楽に打ち込んでる響を見て、たまに、ほんの少しだけでも、二人でいられる時間があるなら、うん。幸せ」

……そうか。桜花もきっと、同じなんだ。

僕の『好き』と、桜花が言ってくれた『好き』は、寸分違《たが》わず、同じもの。

いい歳《とし》こいて、なんて青臭《あおくさ》いって、バカにする人もいるかもしれない。

好きな人と、同じ気持ちでいられるんだ。こんな幸せなこと、他《ほか》にあるものか。

知ったことか。

「桜花。……仲直り、してくれる？」

だから、戻そう。元の形に。今の僕たちが、いちばん幸せを感じられる形に。

「ダメ」

「え⁉　だ、ダメなの……？」

「あはは。仲直りがダメって意味じゃないよ。……おかしくしたの、あたしだから。それはあたしから言わなきゃダメ」

桜花《さくら》がベンチから腰を上げて、僕の正面に。南風を横から受け、煌《きら》びやかに髪を躍らせながら、まっすぐな瞳《ひとみ》と共に右手を差し出してくれる。

「響《きょう》のことが、好きです。仲直りさせて下さい」

握り返すのにどうしても必要だったコンマ何秒かのラグが罪に思えてしまう。遅すぎるぞ、貫井《ぬくい》響の神経。貫井響の筋肉。もっと正しく、僕の気持ちを伝えろ。

「僕も、桜花が好きです。仲直り、したいです」

とにもかくにも、僕たちは固い握手を交わして、触れ合える距離を取り戻した。

今、ようやく。夏が終わって、また次の季節が始まったのかも。そう思った瞬間《しゅんかん》、一段と涼やかな風が最果《さいは》ての岬《みさき》を吹き抜けた。

「ああ〜！　キンチョーした！　死ぬかと思った！」

栓《せん》が抜けたかのような盛大な溜息《ためいき》を漏《も》らし、桜花は再びすとんと僕の隣《となり》へ腰掛ける。

「ごめん。僕がへたれなばっかりに、長引いちゃって」

「いえいえ、あたしが残念なだけです。まあ響がへたれなのも間違いないけど」

「ひどい」

「事実でしょ〜」

「……事実だね〜」

気兼《きが》ねなく、ぽんぽん飛び出る軽口。それが何より、心地好《よ》い。

「…………海、きれいだね」

「うん、きれいだ」

改めて見つめると、幾分《いくぶん》波が穏《おだ》やかになっているような気がする。

潮位の変化だろうか。いや、ただの気のせいかも。僕の気の持ちようが、変わっただけかも。どっちでもいいか。今日《きょう》のこの海を、桜花と二人で見ることができてよかった。ただ、それだけを想《おも》う。

——ふと、短い旋律《せんりつ》が風の音に紛《まぎ》れて通り過ぎていった。

まだ、おぼろげだ。摑《つか》まえきれていない。

きっとこれは、僕だけでは形にできない。一人でここに立っていても、聞こえなかった音だろうから。

「……あのさ、桜花。……歌を、作ってみない？」

「えっ？」

運命に導かれるように、自然とそんなことを尋《たず》ねていた。

「……それって、石動《いするぎ》さんたちの演劇の話？」

「うん。でも、実はそんなに関係ないのかも。……あはは、二人には申し訳ないけど。ただ、いっしょに作りたいなって思ったんだ。海を見てたら、今、ふと。曲は僕がつけるから、桜花《さくら》は詞を書いてみない？」

「詞、かー」

苦笑混じりの顔で、青一色の中へ視線を戻す桜花。

「響《きょう》といっしょに、この景色を歌にしてお持ち帰り？」

「この景色と時間を、お持ち帰り」

スマホに入っているカメラじゃ、全《すべ》てを捉《とら》えきれない。霧夢《きりゆめ》みたいに、絵も描《か》けない。

でも、なんとかして。この瞬間《しゅんかん》全てを形にして残したいと思った。

「………うん。やってみようかな。自信はないけど、今を、いつでもありったけ思い出せるように」

頷《うなず》いてもらえて、本当に嬉《うれ》しかった。もしかしたら、とても久しぶりなのかもしれない。こんなにも、『作りたい！』という衝動《しょうどう》だけで音楽と向き合《あ》うのは。

技巧とか、流行とか、理屈とかはどうでも良《い》い。

ただ思ったことを、そのままメロディに乗せ、桜花と二人で歌にしよう。

――ありの、ままで。

石動さんたちもそうしたいって言っていたんだ。だから、そうさせてもらおう。

「やろうよ。きっとすごく、大切なものになる」

「そうだね。……じゃあ、もう少しだけここにいていい？　いっしょにいてくれる？」

「もちろん。いつまででも」

そうして僕たちは、全てを余さず心に焼き付けるため、飽《あ》きもせず何時間もずっと、寄り添って海を見つめ続けた。

PASSAGE 4

貫井《ぬくい》くるみ

【誕生日】11/19　【血液型】A

【学校】城見台《しろみだい》小学校　5年2組

【もしも告白する（される）としたら……】
告白？　そんなの絶対させないわ。
小さな芽から徹底的に握りつぶしていく

Here comes the three angels
天使の3P!
スリーピース

次の日から、またいめまぐるしい日常に復帰。もちろん学校にもちゃんと行った。

桜花《さくら》と二人揃《そろ》って欠席してしまったことを何か咎《とが》められないか心配だったけど、幸いにして大きな問題は起こらず、深く安堵《あんど》。

……石動《いするぎ》さんと水野《みずの》さん二人からの好奇の目は、免《まぬか》れられなかったけど。

学校にいる間中何かにつけてニヤニヤヒソヒソされてしまい、非常に気まずかった。とはいえ実際きっかけを作ってもらった感もあるので文句は言えず。

桜花が演劇への出演了承を伝えたらとても喜んでいたし、持ちつ持たれつという感じで。

「やる曲が『スタートライン!』に決まったら、もう撮っちゃっても良《い》いくらいじゃない?」

「僕もそう思うよ。近々、仮で撮影してみようか? 音の配置とか、確かめてみたいし」

さらに放課後、教会での練習を終え、希美《のぞみ》と手応《てごた》えを共有する。ちなみに『撮影』と言ったのは、リヤン・ド・ファミユの方も音源だけじゃなく、動画形式で応募してみようかという話が出たためだ。どちらでも可ということなので、ならば映像もあった方がよりいっそうこのバンドの魅力《みりょく》が伝わるだろう。

今日《きょう》はその辺の打ち合わせも兼《か》ねて、もう少しだけ住居《すまい》の方で作戦会議をさせてもらうことにした。

「みんな、お疲れ様」

玄関を抜けリビングに入ると、そこには予想外に桜花の姿が。

「あれ、今日もバイト休み？」

「……また休まされた。ミスと、制服忘れ事件を続けてやらかしちゃったせいで完全に体調おかしくなってるんじゃないかってオーナーに誤解されてさー。あたしが休む気なくても働かせてもらえないんじゃ完全にお手上げ。秋服買いたいから入り用なのに！」

「あはは、それは残念」

ぺろりと舌を出し、テーブルに突っ伏す桜花に微苦笑で相づちを打つ。ほんと、桜花にはいろんなところで迷惑をかけまくっちゃったなあ。なるべく近いうちに、何らかの形で償《つぐな》いをしたい。

「……わにゃ。くーちゃんくーちゃんっ」

「はむ。けんか、おわった？」

軽快に会話を重ねる僕たちを見て、潤《じゅん》とそらが手を取り合って喜び合っている。やっぱり、二人とも様子が変だと心配してくれていたのだろう。子どもたちに対しても、申し訳ない気持ちでいっぱいだ。

……うん。でも、もう大丈夫《だいじょうぶ》だから。

「なんか、すっかり元通りって感じね。……それ以上でもそれ以下でもなく」

和《なご》やかな空気に目を細める僕の服をちょんちょんと引っ張り、小声で耳打ちする希美。

「うん。完全に元通りだよ」

「はぁ～、意気地がないわねぇ」

「ははは……」

上手《うま》い返事が思い浮かばなかったので、笑って誤魔化《ごまか》すことにした。

「あーあー、情けない。みーんなお子ちゃまばっかり」

こんな風に糾弾《きゅうだん》を満面の笑みでぶつけられてしまうと、なんと答えるのが正解なのか確信が持てない。

「……………ありがとう。希美《のぞみ》のおかげだよ」

純粋な感謝の念なら、とめどなく溢《あふ》れてくるのだけど。

「べ、別に希美は大したことしてないし……！　——ほ、ほら響《きょう》！　さっさと打ち合わせ始めるわよ！」

照れているのか、希美は途中から声のボリュームを大きく上げてみんなに注目を促《うなが》す。

「あ、何か話し合い？　あたしジャマだよね。部屋行こうか？」

「ううん！　さくちゃんが退屈じゃなかったら、一緒に会議しようよっ」

「はむ。さくねーもお助けして？」

気遣《きづか》って席を外そうとした桜花《さくら》の腕に、すかさず左右から抱《だ》きつく潤《じゅん》とそら。

きっと、この空気をできるだけ長く味わっていたいのだろう。

いつも通りの、以前と変わらぬ、リトルウイングの温かな空気を。

♪

全《すべ》ての歯車が順調に回り出して、幾日《いくにち》。

とうとうDragon≒Nutsのラフトラックが完成した。

くるみと霧夢《きりゆめ》が忌憚《きたん》なく意見をぶつけ合い、時にはつかみ合いの大げんかも織り交ぜながら(僕と相ヶ江《あいがえ》さんで必死に止めた)紡《つむ》がれたメロディとおおよその伴奏。まだイントロやアウトロ、曲調に変化を持たせるための転換部など詰めるべき要素は残っているけど、ひとつの曲としての根幹ははっきり形になったと言っていい。

「うう、当たり前だけど、やっぱりヘタクソですね私……。くるみさんができるだけ簡単なアレンジにしてくれたのに……」

そして今日《きょう》は、相ヶ江さんのバリトンギター録音に着手。四小節ごとに止めながら、間違えずに弾けるまで何度も録《と》り直す……という方式だったのでライブ演奏するにはまだ時間が必要だろうけど、これで『必要な音が全部出揃《でそろ》ったかどうか』の判断が可能になる。

僕の感想は……後にしよう。まずは霧夢とくるみの反応を待つ。

「……大丈夫《だいじょうぶ》。これ、すごくいい。確実に、もの足りなかった力強さが出た。ヘタクソだけど！」

「感謝するわ柚葉《ゆずは》。ギターの音を入れられるようになったおかげで、私のイメージそのものにようやくたどり着けた。ヘタクソだけど！」

よかった。どうやら二人とも僕と同じく、これ以上ないほど確かな手応《てごた》えを得たようだ。

「ヘタクソでごめんなさい……」

楽器を始めて一ヶ月経《た》ってない子にヘタクソ連呼は可哀相《かわいそう》すぎると思うものの。

とにかく、うん。歪《ひず》んだ弦楽器《げんがっき》の音《ね》という良《い》い意味でのラフな音成分が入ったおかげで、曲にまっすぐ芯《しん》が通った感じだ。

作業が進む度《たび》に積み重なった予感が、いよいよ確信に変わった。

これ、かなり鮮烈《せんれつ》な一曲になるぞ……。

「相ヶ江《あいがえ》さん。大丈夫《だいじょうぶ》、そんなに悪くないよ。僕の初期よりずっと上手《うま》い」

「でも、一本の弦を押さえるだけで、あんまり指を動かさなくてもいい楽譜なのに……」

「テンポが速いし！　とにかく、僕もこれで曲の方向性が完全に煮詰《につ》まったと思う。相ヶ江さんのお手柄だよ」

「……あー、ごめん柚葉。ちょっと言い方が悪すぎたわ。柚葉のおかげで私がキーボードで埋めきれなかった場所がバッチリ固まった。大丈夫、まだあと一ヶ月近くあるもの！」

「いきなり変なギター買ってきたときは驚《おどろ》いたけど、本当にでかしたわ。これでこそ貴龍《きりゅう》の仕《つか》え人《びと》。ようやく自分のポジションを思い出してくれたみたいね。ありがとう、締め切りまでこれからも一緒にがんばりましょ」

「貫井《ぬくい》くん、くるみさん、貴龍様……。えへへ、そうですねっ！　まだ時間はあるんだから、ギリギリまで必死に練習します！」

改めてみんなで功績を称《たた》えると、相ヶ江さんはほっと息を吐《つ》きつつ更《さら》なる意欲を燃やす。

僕も、しかと完成まで見守らせてもらおう。

それにしても、改めて身の引き締まる思いを抱《いだ》かずにはいられない。今年の夏に結成されたバンドが、ここまでレベルの高い曲を組み上げげつつあるとは。やはり三人寄れば文殊《もんじゅ》の知恵、アイデアとアイデアのぶつかり合いが想像を超えた化学反応を生むのだろうか。

もちろん、一人一人の才能が豊かであることも、大きな一因だろうけど。

向上心を忘れて現状に甘んじてると、小学生六人に追い越される一方かもしれない。

もう既《すで》に仮歌を渡してしまった後ではあるものの、今夜もう少しだけ演劇用の曲をブラッシュアップしてみようかな……。


♪


さらに数日が過ぎて、今度は放課後の教室。桜花《さくら》と二人きりで、机を挟《はさ》み向き合う。

「詞、書けたんだよね？」

「……………一応」

「よし、見せて」

「やだ」

即答だった。桜花《さくら》の方から昨日《きのう》連絡を受けて、石動《いするぎ》さんたちに披露《ひろう》する前にひとまず僕が確認を——という約束で今に至っているのに。

……まあ、気持ちはよく分かる。恥ずかしいんだろうなあ。僕だって何も考えてなかった小学生時代ならまだしも、もし今未経験のままで『詞を書いて、見せろ』と言われたら悶絶死《もんぜつし》しそうな気がする。

「桜花、覚悟を決めよう。ここまで来たら、もう立ち止まれない」

「……うう、やっぱりやるって言わなきゃ良かった」

歌詞が綴《つづ》ってあると思《おぼ》しき水色のノートをぎゅっと胸元に抱《だ》きしめ、紅《べに》さした頬《ほお》を膨《ふく》らませる桜花。

かわいい。

なんて、自分がとっくの昔にやらかしちゃったあと故《ゆえ》の優越感みたいなものを滲《にじ》ませてしまった。いけないいけない……。

「大丈夫《だいじょうぶ》。桜花の歌詞なら、間違いなく素敵だよ。僕が書くよりずっと」

「……………響《きょう》。絶っっっっっっ対に、笑わない？」

「笑わない。笑うわけない」

ここは慎重《しんちょう》に。もちろん茶化したりなんて絶対にしないけど、輪を掛けて真顔を意識し、大きく頷《うなず》く。

それでも桜花はしばし迷い続けていたものの、

「…………ん」

やがて胸の内を固め、どこか投げやりにそっぽを向きながら、ノートを両手で差し出してくれた。

「ありがとう。拝見させて頂きます」

謹《つつし》んで受け取り、表紙を開く。ノートは新品で、最初のページだけに丁寧《ていねい》な文字が綴られていた。

……あ、違う。何枚か破り捨てられた形跡がある。もちろん指摘なんてしないけど。

「…………………」

肌《はだ》で感じるほどの視線を今はあえてスルーして、先頭から丁寧に読み込んでいく。

「…………ドウ、デスカ？」

「うん！　すごいよ桜花！　僕こんな風に韻《いん》とか踏めないもん。やっぱりオシャレだなぁ」

「返して！　死ぬ！　今すぐ死ぬ！　飛び降りて死ぬ！」

「え、ちょっ⁉」

唐突《とうとつ》に机の上から奪《うば》い取られたノートを抱《だ》き、桜花《さくら》が窓に向けて一直線に走る。なぜ⁉

なぜかわからないけど、とりあえず僕が褒《ほ》め方を踏み違えたことだけはなんとなくわかった。

——っていや、呑気《のんき》に述懐《じゅっかい》してないで止めないと！

「待って！　早まらないで！」

まさに今窓の鍵《かぎ》に手をかけたところだった桜花の腰をなりふり構わず後ろから抱き、僕は必死で静止を求める。

「うわーんやっぱりかっこつけすぎちゃったんだ！　響《きょう》にチャラチャラした尻軽女《しりがるおんな》って思われた！　もう死ぬしかない！」

「思ってないから！　そんなこと少しも！」

論理の飛躍がすぎる。

……とはいえ僕も言葉の選択《せんたく》が軽率だったか。

「ごめん、感想の順番を間違えた！　技術的な事よりむしろ、全体的な内容にじんと来た。読んでるうちに、あの日の景色が眼《め》の前に蘇《よみがえ》ってきた」

「あ……」

桜花の全身からふっと力が抜けたので、この機を逃さず僕は両腕をそっと動かし、こちらを向いてもらう。

内容は石動《いするぎ》さんたちとの打ち合わせで決まったプロットに即しているから、叙事的《じょじてき》な言葉の選び方じゃない。創作の要素も、多分に含まれている。

それでも、僕にはちゃんと伝わった。紡《つむ》がれたフレーズすべてが、あの日のあの景色を凝《ぎょう》縮《しゅく》して生まれたものだと。

「大丈夫《だいじょうぶ》。これでいい。このままで行こう。絶対に、二人も気に入ってくれる」

至近からまっすぐ桜花の瞳《ひとみ》を見つめ、真摯《しんし》に想《おも》いを伝える。

「響…………。ありがとう、よかった」

それでようやく桜花の顔に微笑《ほほえ》みが戻り、教室に温かな静寂が帰ってくる。

――と、思ったのもつかの間。

「オゥ学校ン中で白昼堂々いちゃついてんじゃねーぞオゥ」

「え……なっ⁉　い、石動さん⁉」

足許《あしもと》からドスの利《き》いた声が響《ひび》いて視線を下げれば、気付かぬうちに石動さんがヤンキー座りでこちらを冷たく見上げていた。

「……なるほど。これなら文句ない。韻《いん》の踏み方は多少鼻に引っかかるけど目を瞑《つぶ》る」

「なあああっ⁉　水野《みずの》さんまだ見ちゃダメ～～～～！」

さらに逆側には、こっそり桜花の手からノートを抜き取り、眼鏡《めがね》をくいっと持ち上げながら内容を吟味《ぎんみ》している水野さんの姿も。

「お、ナイスみずっち。見せて見せて」

「なかなか興味深い。チャラついてるようで、よく読めば思ったよりずっと処女くさい」

「そりゃよかった。実際処女かは怪しいけどなぁ。最近の貫井《ぬくい》っちと桜花《さくら》、話してるとき常に事後っぽいし」

「返せー！　せ、せめて心の準備させてってば！」

にわかに騒がしくなった教室の中、僕は追いかけっこを続ける女子三人を前にどんな行動をとるのが適切なのかわからなくなって、ひたすら立ち尽くす。事後じゃないです。事前です。

いや、違う。その返し方も確実に誤解を招く。

……とにも、かくにも。

これにて抱《かか》えたタスク、全《すべ》ての進路は視界良好。

あとはそれぞれの期日まで、気を抜かず全力疾走《しっそう》を続けるだけだ。


♪


そして、順風満帆《じゅんぷうまんぱん》に迎えた学園祭当日。

わくわくと緊張《きんちょう》を半々に抱えながら、手作りの装飾や出店であちこちが飾り立てられたいつもと少し違う雰囲気《ふんいき》の高校に、僕もまた参加者として踏み入った。

まずは、クラス展示の受付係として教室内で待機。もちろん自分にできる限りの尽力《じんりょく》はしたのだけど、『間違い探し』の根幹部はほとんど石動《いするぎ》さんと水野《みずの》さんが築き上げてくれたものなので、委員の代表と呼べるだけの働きはまだできていない。今日《きょう》の実務で、足りない分をしっかり補わなければ。

展示の出来映えは、かなり良いのではないだろうか。佳境《かきょう》に入ってくると他《ほか》のクラスメイトもちょくちょく手を貸してくれたので、当初の予定より一つ問題を増やすことができたりして、周りと比べてもわりと頑張っている方だと思う。お客さんの入りも、今のところ悪くない。

……ただひとつ、微妙に想定外だったのは。

「あー！　わたしわかったー！」

「えー、どこどこ⁉」

高校の学園祭とは思えないほど、今この教室内が『子ども』で溢《あふ》れかえっていることだ。

うん。まあ漠然《ばくぜん》と、対象年齢低めかなという予感はあった。だけどまさか、他のクラスとは異質な空間ができてしまうほど（偵察《ていさつ》してきてくれたクラスメイト談）、小学生以下の来場者を集めてしまうとは。

きっとみんな、ここの生徒の妹さん、弟さんだろう。家族のステージ出演までの時間つぶしとか、お腹《なか》がいっぱいになってしまったあとの休憩所《きゅうけいじょ》として、こののんびりした教室がちょうど良かったのかもしれない。

なんであれ、需要《じゅよう》を生み出せたのは良《い》いことだ。対象がニッチでも。

『さすが小学生の囲い込みに定評のある貫井《ぬくい》くん』

なんてクラス委員長から遠い目で言われてしまったのは多少気になったけど。どんな定評だろう……。それより、委員長ももしかしてライブに来てくれていたのだろうか。いろいろ考え込んでしまう一言だった。

「わにゃ。ぞみ、全部わかった……？」

「も、もちろんよ！　……七つ全部見つけたわ！」

「はむ。まちがいは、十こって書いてあるよ？」

というか、僕自身が六人も小学生を連れ込んでいる事実こそ、年齢層を偏《かたよ》らせている最大の原因という気がしなくもない。潤《じゅん》、希美《のぞみ》、そら。そしてDragon＝Nutsの三人も、先ほど揃《そろ》って遊びに来てくれた。

小学生の、囲い込みか……。い、いや別に囲い込んでいるわけではない……ないはず。

「ひびき、できたわ。私の神の目をもってすればこんなの一瞬《いっしゅん》よ」

「おお、早いね。じゃあ採点します」

哲学《てつがく》に囚《とら》われてしまっていると、霧夢《きりゆめ》が自信満々にやって来てプリントを差し出した。この用紙に回答を書いて、僕がチェック。正解した点数に応じて賞品をプレゼント、というのが主なルールだ。

ネタバレ対策はかなり弱めなんだけど、まあそこはお客さんの善意を信頼して。

「……ええと、5点かな」

「なんでよ⁉　10点満点以外ありえないでしょ⁉」

「たとえば『机の木目が違う』とかそういうのは、どうか見逃して頂けると……」

「ほら貴龍《きりゅう》様。やっぱりそれは数に入れちゃダメだったじゃないですか」

「少し考えればわかるでしょ。世間知らずにもほどがあるわ……」

「う、うるさい！　ひびき、やっぱり返して！　もう一回探してくる！」

相ヶ江《あいがえ》さんとくるみから溜息《ためいき》を浴び、僕の手元からプリントを抜き取る霧夢。再提出はルール違反なんだけど、まあ大目に見るか……。

蛇足《だそく》ながら、開始してそれなりの時間が過ぎたけど、まだ満点は出ていない。いくつか難しいポイントを織り交ぜるのに成功してお客さんも真剣だし、賞品も駄菓子《だがし》系に統一したのでわりと成果を喜んでもらえている。

クラスとして全身全霊《ぜんしんぜんれい》を尽くしたわけではないことを考慮《こうりょ》すれば、大成功の企画だったのではないだろうか。

「おう、貫井おまたせ。交代するわ」

「ありがとう、助かるよ」

しばらくして、嬉《うれ》しいことに受付係を引き受けてくれたクラスメイトがやって来たので、僕は席を立つ。あと四十分もすれば、演劇部のステージが幕を開ける時刻だ。

「勘違《かんちが》いするな。お前のためじゃない。……水野《みずの》さんと接点を持つためだ」

ちなみに、水野さんのことが前々から気になっていたとのこと。石動《いするぎ》さんも含め美人コンビだからだろうか。今月に入って展示の手伝いを申し出てくれる男子が日に日に増えていった。

みんな、青春してるなあ。

僕もしてるか。

「それなら遠慮《えんりょ》なく。よろしくね」

「貫井《ぬくい》もがんばれよ。ステージも見たかったけどな」

「うん、ありがとう」

深くお辞儀《じぎ》して、教室の外へ。さあ、ここからが僕にとって……いや、この日まで共に歩んできたみんなにとってのクライマックスだ。

「あ、お兄ちゃん。もう行くの?」

「くるみ。みんなも」

扉を抜けると、子どもたち六人が壁《かべ》ぎわで待機していた。どうやらステージ前に声をかけに来てくれたようだ。

「貫井くん、がんばって下さいね!」

「ひびきの新曲、楽しみにしてるわ」

相ヶ江《あいがえ》さんは胸前でぎゅっと両の掌《てのひら》を握り、霧夢《きりゆめ》は右手を前に突き出す優雅《ゆうが》なポーズで、それぞれ応援を僕の許《もと》へ。

「ありがとう。直接ステージに上がるわけじゃないけど、音楽も気に入ってもらえるよう祈ってる。舞台の方は、本当に期待していて。絶対に素敵だから」

前日のリハーサルを思い出し、自信を隠さず何度も頷《うなず》きを返す。

石動さんも水野さんも、予感をさらに飛び越える魅惑的《みわくてき》な空間を描《えが》き出していた。本音を言うと、正面からステージを見られない立場なのが少しだけ残念でもある。

「えへへ、さくちゃんの晴れ舞台ですもんねっ。マスターももう少しで着くそうですっ」

「桜花《さくら》、遠目から見るだけなら本当に芸能人みたいだからとっても楽しみだわ。……一緒に生活すると多少残念だけど」

「はむ。さくねーの、デビュー戦。いっぱいおうえんする」

そしてもちろん、舞台を単身で引き受ける桜花の存在も絶大。贔屓《ひいき》なしで、そんじょそこらの芸能人に負けないくらいの輝きが、観客全員の眼《め》を奪《うば》うだろう。

リトルウイングのみんなにとっても、忘れられない時間となるはず。

「桜花も絶対に心強いよ。じゃあ、また後でね」

手を振ってくれる子どもたちにいっときの別れを告げ、人波をかき分け体育館へ。

さあ、聴《き》いてもらおう。桜花《さくら》と二人で織りなした、思い出の歌を。

♪


「お、来たね貫井《ぬくい》っち。待ってたよ」

「準備万端。いつでもいける」

普段は用具置き場になっているステージ脇《わき》に入ると、既《すで》に出番を次に控えた演劇部コンビが待機していた。佳境《かきょう》に入っているエグザイル部の出番が終われば、舞台転換。そして本番の幕開けとなる。

エグザイル部、というのは実際パンフレットにそう記載されているのだ。正式に何部なのかはわからない。とりあえず、一定以上の集客効果は得ているようでお客さんの入りは抜群だった。上手《うま》いプロモーションだと思う。正式に何部なのかはわからないけど。

まさかの正式名だったりして。

「搬入《はんにゅう》手伝えなくてごめんね。……桜花は？」

「ほら、あそこ」

石動《いするぎ》さんが指さした部屋の隅《すみ》に目をやると、薄暗《うすぐら》い中に煌《きら》びやかなドレスを纏《まと》い壁《かべ》を向いて体育座りしているシルエットがぼんやり確認できた。ギャップがすごい。

「緊張《きんちょう》、してる？」

「……訊《き》きますか、そうですか」

近付いて声をかけると、乾ききった声と共に振り返る桜花。我ながら愚問《ぐもん》だよな。

でも、謝ることはできなかった。

思わずその美貌《びぼう》に見とれてしまったせいで。

「桜花、きれいだね……」

「……っ!?」

石動さんデザインのドレスは昨日《きのう》の時点で拝見済みだったけど、ばっちりメイクまで完了した『完成形』はこのときが初見。

そして、新たな世界を知る。そうか、普段すっぴんなクラスのアイドルにメイクを施《ほどこ》すと、本物のトップアイドルになるんだ。

いや、それすら凌駕《りょうが》しているかも。少なくとも僕にはそう思えた。

「ど、どうしてますますテンパらせること言うかな……!?」

「ご、ごめん。我慢できなかった」

「…………ん、でも、うれしい。ありがと」

大事な舞台を前に失言を重ねてしまったかと心配したけど、桜花が固まりきっていた表情を和《やわ》らげ、微笑《ほほえ》んで立ち上がるのを見てほっと一息。よかった、意図せぬ悪影響《あくえいきょう》には繋《つな》がらなかりは。

ったみたいだ。

「はいはい、ラブコメはしまっちゃおうねー」

「貫井《ぬくい》君、遊びじゃない。イチャコラは終わった後にして」

石動《いするぎ》さんと水野《みずの》さんのヘイトを集めてしまった感は多少あるけど。いや、断じてそんなつもりは。

「……ごめんなさい」

釈明が喉《のど》まででかかったけど、ここはきちんと謝罪を伝えておくことに。実際、二人にとっては死活問題の舞台だ。全身全霊《ぜんしんぜんれい》を注ぎ、僕は僕の仕事を全《まっと》うしないと。

——覚悟を決めた直後、よりいっそう大きな拍手が鳴り響《ひび》いた。エグザイル部のプログラムが満了したらしい。

「おのれエグ部め。話題かっさらいおって。実体は科学部のくせに。なんで実験成果発表が『Choo Choo TRAIN』の完コピなんだよ」

科学部だったのか。部員多いんだな……。

「関係ない。こっちはこっちでかっさらうだけ」

腰に手を当て憤慨《ふんがい》する石動さんに、水野さんが冷静沈着にかぶりを振る。

そうだ。なにしろ桜花《さくら》のひとり舞台。話題性と華《はな》やかさなら、絶対に負けはしない。

「だね。……よっしゃ貫井っち、ステージの準備だ。桜花は待機しといて」

「う、うん。……間違えちゃったらごめんね」

「いいイメージだけ持って。そうすれば、絶対上手《うま》くいく」

転換の用意を始めた二人に続き、僕も打ち合わせ通り配置すべき大道具を確認する。

「桜花。がんばろう。……一緒にステージには立たないけど、傍《そば》にいる」、

「……うん。心細くなったら、響《きょう》の『音』だけを聴《き》く」

舞台前最後の言葉を桜花と交わし、暗幕の降りたステージ上へ。

「よし、準備完了。ほんじゃ私は照明やりにいくから」

ほどなく設置も終わり、開幕はもうすぐ。手を掲げた石動さん、そして水野さんにも、僕はあらためてお礼を伝える。

「この一ヶ月、本当に楽しかった。二人にはほんと感謝しているよ。ありがとう」

「貫井君、まだ早い。称《たた》え合うのは、全部終わってから」

頭を下げると、水野さんに怒られてしまった。確かにその通りだな。本番は、まだこれから。

「一緒に輝かせようね。貫井っちと桜花がファックして産まれた子を」

「学校サボってやっと達成した貫井君の初ファックの記録、見せつけてやりましょう」

語弊《ごへい》がありすぎる。というか女の子がそのFで始まる単語を気軽に使うのは絶対止《や》めた方がいいと思う。

たぶん桜花との共同作業で作り上げた曲、という意味なんだろうけど。深くは追及するまい。

とにもかくにも、開演五分前。ここまで紆余《うよ》曲折《きよくせつ》もあったけど、いよいよ全《すべ》てが青春の成果となる瞬間《しゆんかん》が迫っていた。

♪

二人が配置につくのに続き、僕は舞台裏の音響《おんきよう》設備前へ。ステージを見たいという意味だけじゃなくて、モニタリングのためにも観客席側にいられるのが理想だったのだけど、この場所が固定のPAゾーンみたいなのでやむなし。昨日《きのう》の最終リハの感触を頼りに、ボリュームを調節しよう。

それに、もしお客さんの前に出る配置だったら、こんな『わがまま』もやりづらかったろうしな。

自らに言い聞かせ、僕は肩にエレキギターを担《かつ》ぐ。

まさに、わがまま。作成した伴奏からギタートラックを抜いて、こうしてリアルタイムで演奏することに、正直なんのメリットもない。

ただ、そうしたかっただけだ。桜花《さくら》とこの空間を、奏《かな》でる音を。ライブで共有したかった故《ゆえ》の、無駄《むだ》な演出だった。

意味が生まれるとすれば、桜花がこの音で、心細さを癒《い》やしてくれたときだけ。

だから、精一杯演奏しよう。自分もステージに立っているつもりで。

軽く音を鳴らしてみる。眼《め》の前のアンプからマイクを経由し、観客席のスピーカーからちゃんと音が出ていることを確認。


『〜♪』


間もなく、石動《いするぎ》さんからスマホにメッセージが届いた。照明の準備が完了したようだ。

ステージを覗《のぞ》き込み、桜花の様子も確かめる。

「…………」

こっちを見て、頷《うなず》いてくれた。その表情には硬さもあるけど、もう迷いの色は見当たらない。

よし、始めよう。録音しておいたトラックの再生ボタンを押せば、動き出した物語はもう止まらない。

二十分三十三秒。それが、何度繰り返しても変わることのない、この演目の総時間だ。

力を込めた指先に連動してフェードインする、ストリングス主体の緩《ゆる》やかなBGM。僕だけに聞こえるカウントに従い、暗幕の開閉スイッチを押す。

桜花のステージが、始まる。

『この地平線は、いつから生まれたの？　この境界がなければ、あたしはもっと、自由に泳ぐことができたの？』

良く通る芯《しん》の強い声が、僕の耳にも届く。モニターからの音よりも強く、真横から桜花《さくら》の声が直接伝わってくる。

台詞《せりふ》はなくして全《すべ》てナレーションで、という当初の予定だったけど、最終的には桜花自らの立候補で、本人の声により物語の大部分を届けることになった。

うん、ますます舞台としての魅力《みりょく》が高まったことを、疑う余地などない。演技が初めてとは思えないほど、桜花の語りは堂に入っている。

やるなら、やりきる。そんな覚悟と責任感と練習の成果が、ひしひしと伝わってくる。

改めて見とれずにはいられなかった。美しいだけじゃない。なんて、かっこいいのだろうと。

語り部のナレーションを挟《はさ》み、桜花は舞台の上手《かみて》から下手《しもて》へゆっくりと歩く。

水野《みずの》さんが用意したのは、人魚姫の末裔《まつえい》の物語。完成した歌を聴《き》いて、水野さんもまた自発的に脚本《きゃくほん》の大幅な加筆修正を施《ほどこ》したのだった。

末裔の少女は、偶然出会った船乗りを愛した。

でもそれが『恋』なのか、少女自身もわからない。禁忌《きんき》とされる人間とのかかわり。そんな足枷《あしかせ》がなければ、今すぐあの人の許《もと》へ、飛び込んでいくのだろうか。

自問を繰り返し、やがて少女は強い意志を持って首を横に振る。

『違う。これが、あたしの望んだ愛しかた。これでいい、このままでいい。決まり事とか、迫る壁《かべ》なんてどうでもいい。あたしがこうしたいから、あたしはあたしのやりかたで、あの人を愛し続けよう』

台詞は、脚本を忠実になぞったもの。桜花が自らの思考で語っているわけではない。

これは水野さんが、桜花の歌詞を見て組み上げた物語だ。

だとしても、桜花の言葉に、何かを読み上げている印象はない。ごく自然に胸の内を語るように、一度たりともつっかえることなんてなく、少女の言葉をホール全体に届けていく。

——ある日、嵐《あらし》が訪れた。荒波に船は砕かれ、海原《うなばら》に投げだされる男。

人魚の末裔である少女は、迷わず男を助け、岸まで連れて行く。男は気を失ったまま。今ならば二人きりで、どこか遠くへ消えてしまうこともできる。

それでも少女は、男を男の住む街へ帰し、微笑《ほほえ》んで離れていった。

またいつ訪れるとも知れない、ごく短い再会を夢見ながら。幸せそうに、海へと帰った。

歌が、始まる。僕もギターを構え、桜花の存在だけに五感を集中させる。

そっと、寄り添うために。今、桜花が抱《いだ》く想《おも》いと、ひとつになるために。

『キライだ　ぜんぶ　何もかも
いっそ　壊れてしまえばいいのに』

歌声は、明るくアップテンポな曲調とは裏腹に憂《うれ》いの言葉で幕を開ける。少女はままならない苦しさを荒れ狂う海にぶつけ、取り繕《つくろ》わずに等身大の感情を全《すべ》て吐き出す。

『イライラ　なんて　ありえない
何度言い聞かせても　あたし　弱い』

境遇を恨《うら》んでいるわけではない。人魚として生まれたことを、人間を愛してしまったことを、不幸だなんて思ったりはしない。

それでも心は割り切れないものだから、迷い、苦しんでしまう。

本当に嫌いなのは、矛盾《むじゅん》だらけの自分自身。

もっと美しく在《あ》りたい。見た目ではなく、生き様としての清廉《せいれん》さを切望しながら、天を見上げる少女。

『いつか大地も雲も渦巻く風でさえも
あの海鳥のように　翼《つばさ》広げ愛せるかな』

手の届かない陸の上。光を閉ざす灰色の闇《やみ》。嵐《あらし》は船を拒み、ただでさえ限られた逢瀬《おうせ》を無情に葬《ほうむ》ってしまう。

そんな全てをはばたき一つで飛び越えられるような強き羽があったなら、もっときれいに生きられるかもしれないのに。

無力感が、自分の居場所《いばしょ》とは違う世界への憧《あこが》れを抱《いだ》かせる。

でも、それは叶《かな》わぬ願い。

『果てない心遮《さえぎ》る Horizon

夢に溺《おぼ》れ沈んでしまいそう』

少女にとって、地平線の先は知ることのできない場所。

焦《こ》がれ続けるだけの日々に負け、ならば自らも、人間には決してたどり着けない海の底へ逃げ込もうか。何も期待できないとわかっていれば、絶望することもない。

『でも』

全て手放そうとした瞬間《しゅんかん》に、少女は気付いた。

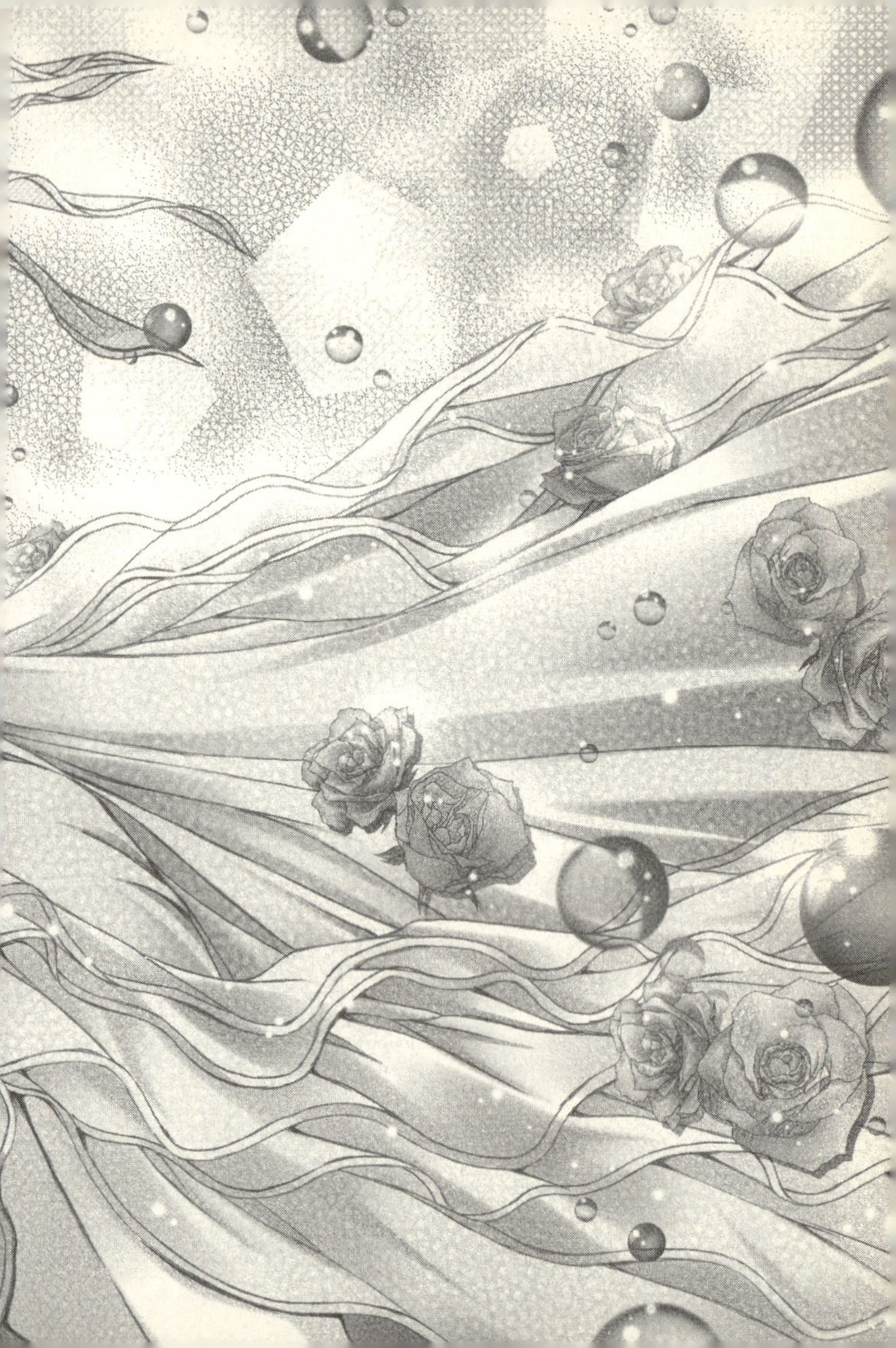

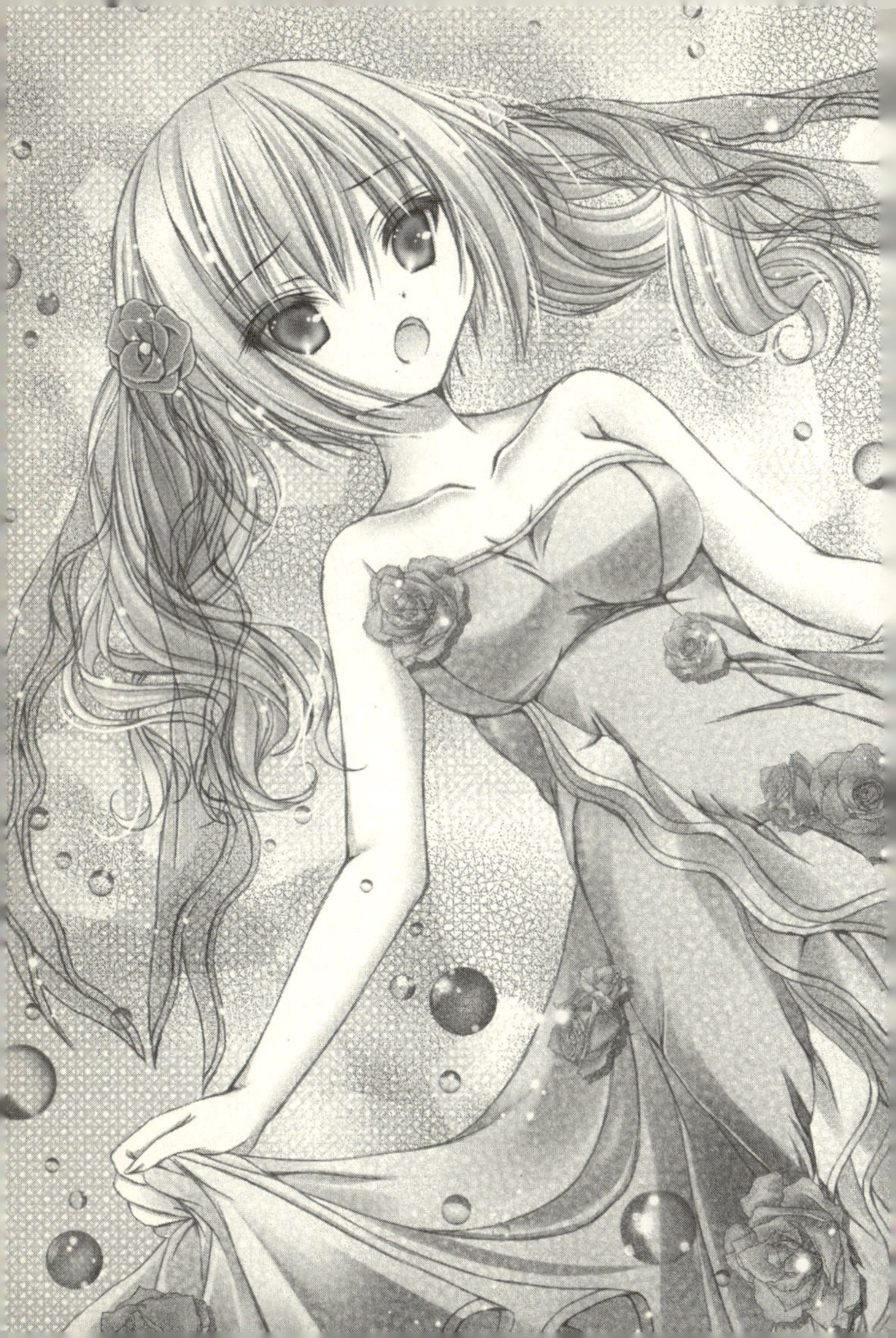

『揺れない気持ちなんかじゃ足りはしない！』

この苦しさこそが、胸に宿る熱量そのものなのだと。
好きなのに、悶《もだ》えてしまう。
違う。好きだから、悶えてしまうのだ。
たとえ、届かないままでも。変わり映えのしない毎日が続こうとも。
ありふれた『恋』とは、違う形だったとしても。
あの人を好きで居続《いつづ》ける道を選びたい。
そして、海原《うなばら》からあの人の幸せを願い続けたい。
それくらい愛しているのだと悟った瞬間《しゅんかん》、少女の心はふっと軽くなる。

『ほら　まだ　まだ　まだ
波の彼方《かなた》へ　Love song
届きそうだよ　My soul』

伸びやかな歌声が、嵐《あらし》を切り裂《さ》いてどこまでも響《ひび》いていく。
目覚めたとき、きっと男の耳にも届くことだろう。少女の力強く、希望に満ちあふれた、濁《にご》りなき歌声が。

——曲名は、『Fisherman's Horizon』。

境界の向こうで暮らす想《おも》い人へと向けた、飾らない愛の唄《うた》だ。

フルコーラスが終わり、舞台は暗転する。もう、手元の機械は動きを止め、なんの音も奏《かな》でない。

ただ、鳴り止《や》まない喝采《かっさい》だけが、僕たちに舞台の成功を伝え続けていた。

♪

「うわ～ん桜花《さくら》ありがとー！　めっちゃ良かったよ～！」

控え室に戻り、顔を火照《ほて》らせた桜花と見つめ合って言葉にならない高揚《こうよう》を共有していると、照明の役目を終えた石動《いするぎ》さんが勢いよく飛び込んできて桜花を真っ正面から抱《だ》きしめた。

「あ、ダメ……！　超汗かいてるし！」

「構うものか！　吸い尽くしてやる！　飲み干してやる！」

戸惑って身をよじる桜花だったけど、石動さんはますます身体《からだ》を密着させ離そうとはしない。

「もう、なにいってんの。………でも、ありがとう石動《いするぎ》さん。楽しむ余裕なんてないと思っていたのに、これでもかってほど緊張《きんちょう》してたのに、始まったらすごく楽しかった。みんなで作る舞台って、いいね」

やがて桜花《さくら》は抵抗を諦《あきら》め、ふわりと笑顔になって控えめに石動さんの腰を抱《だ》きしめ返す。

不純な成分なんてひとかけらもなく、羨《うらや》ましさを覚えた。女子同士なら、こんな風になんの遠慮《えんりょ》もなく、赴《おもむ》くままに感情を爆発させて桜花と喜びを分かち合えたのかな、なんて。

でも、きっと。もし僕が女性だったとしたら、今桜花に対し抱《いだ》いている想《おも》いの形は、ぜんぜん別の色で構成されていたことだろう。

ならば、いいや。このままでいい。このままがいい。

僕の中にある、桜花のことが好きだというこの気持ちをちゃんと大切にしたいから。生まれ変わりたいだなんて思わない。

情けなさを悔《く》やんだり、過《あやま》ちに気付いて身もだえしたり。これからも日々、自分のダメなところと向き合い続けなければならないのだろう。嫌《いや》になってめげそうになる時も、再び訪れるかもしれない。

それでも僕は、僕のままでいい。

「貫井《ぬくい》君もありがとう。曲、とても良かった。桜花の詞だけじゃなく、貫井君の曲もなければあんなにスラスラと世界観が決まらなかったはず」

互いを抱きしめ称《たた》え合う二人を静かに見つめていると、水野《みずの》さんがすぐ近くまでやってきて、普段はあまり見せない優《やさ》しげな笑みで右手を差し出してくれた。

「気に入ってもらえたなら、本当に良かった。僕も、いっしょに舞台を作ることができてすごく嬉《うれ》しいよ。最高の経験をさせてくれて、ありがとう」

握り返し、思いの丈《たけ》を籠《こ》めお礼を伝える。手前味噌《てまえみそ》になっちゃうけど、今回の曲は自分自身『まだ僕の中にこんなのが入ってたんだ』と静かな感動を覚えずにはいられなかった。

桜花と、石動さんと、水野さんが、同じ世界を違う角度から見つめてくれたおかげで、眠っていた何かが覚醒《かくせい》したのだと思う。

振り返れば、ほんの一ヶ月とちょっとの間。でも、みんなと共にしたこの『経験』は、きっと僕にとって何年分にも等しい。

大丈夫《だいじょうぶ》だ。まだ、育つ。音楽を作る技術だけじゃなく、僕自身も、まだまだ成長していける。

「響《きょう》、終わっちゃったね。……なんだかあっという間だった」

石動さんとの抱擁《ほうよう》が自然と解かれ、桜花がこちらに歩み寄ってきてくれる。

海そのものを纏《まと》ったかのような、みずいろのドレス。

スポットライトの当たる舞台を正面から見られなかった名残《なごり》惜しさは、どこかに消えてしまった。

温かな余韻《よいん》に包まれた眼《め》の前の桜花が、少しも色褪《いろあ》せることなく美しいままだったから。

「そうだね、本当に一瞬《いっしゅん》で過ぎちゃった感じ。でも、忘れられない思い出がたくさんだ。楽しかったし、幸せだった」

「あたしも、幸せだった。後悔《こうかい》があるとすれば、もっと早くから『やる』って言えば良かったなってことくらい。響《きょう》にも、二人にも、心配かけちゃったね。ごめん」

幾分《いくぶん》照れたそぶりを見せて舌を出す桜花《さくら》に、僕は笑顔で小さくかぶりを振る。

確かに、雨は降ったのだろう。でも、だからこそ、もっと固まった。石動《いするぎ》さんたちの言った通りになった。

「大丈夫《だいじょうぶ》、終わりよければ全《すべ》てよしさ！　演劇部としてもね、二人のおかげでシチューにトンカツのっけて一発逆転？」

「死中に活を得る。胸焼けする創作メニューはやめて」

「そうそれ。とにかくさ、パンフに感想を投稿できるメールボックス紹介しといたの。そしたら、もう既《すで》にバンバン届いてるよ。絶賛の嵐《あらし》が！」

「部の活動に興味を持ってくれてる内容もある。これなら、繋《つな》がるかも。来年に」

朗《ほが》らかな掛け合いを聞いて、僕と桜花もようやくリラックスしたムードを取り戻せたような気がする。

二人には、何から何までお世話になってしまった。だからこそ、演劇部再建の成功を、心から願ってやまない。

必ず、大丈夫。あれほどの大拍手に包まれた舞台だ。みんな次の演目を心待ちにしてくれるだろうし、『作り手側』に憧《あこが》れを抱《いだ》いた人も、きっといるはず。

もちろん僕も、同じ気持ちだ。来年は、観客として。二人が担《にな》うステージを心待ちに——

「間違いない！　いけるよみずっち！　あとたった一人でしょ。誰《だれ》か一人くらいは演劇部の門を叩《たた》いてくれるさ！」

「そうね。学園祭での実績有《あ》り、さらに部員も五名なら、もう誰にも文句は付けられない。あと一人なんとか見つければ、しばらくは安泰《あんたい》」

……………………………………あれ。

「ねえ響、今明らかにツッコミどころがあったわよね……？」

「うん、あからさまに」

しばし桜花と、真顔で視線を重ね続ける。

確かに、難癖《なんくせ》つけられないようにと、書面上僕と桜花も現状は演劇部の正規部員ということになっている。なっているんだけど、あくまでそれは当座、という約束だったような……。

「もうひとつ、貴重な人生経験を得てしまったかもしれない」

「名義を貸すときは、これでもかってほど慎重《しんちょう》に……だね」

溜息《ためいき》交じりに教訓を確かめ合う僕たち。

でもどこか、ミスの重大さとは裏腹に、互いの声色《こわいろ》は軽々しさが目立っていた。

——まあ、いいか。楽しかったし。

そんなニュアンスが、多分に含まれていたように思う。

さて、来年の舞台が実現するとして。

僕は一体、どの位置から見つめているのだろうか。


♪


「はむ。さくねー、とってもきれいだった」

祭りの時は過ぎて、後夜祭。

日が落ち、夕闇《ゆうやみ》に包まれたグラウンドにキャンプファイアーが焚《た》かれた。僕と桜花《さくら》は六人の子どもたち、そして正義《まさよし》さんと合流し、冷めやらぬ熱狂の中、手を取り踊る生徒たちを外側から見つめる。

「ほんと？　……うれしい。ありがとうそら」

「えへへ、ぞみなんて大変だったんだよ。ステージ見ながら急に泣き出しちゃって」

「潤《じゅん》！　よよよ余計なこと言わなくて良《い》いの！」

悪意なく伝えられたレポートに、希美《のぞみ》が激しく取り乱す。

「正直、あれはわけわかんなかったわ」

「確かにとっても素敵な演劇でしたけど……」

「あんなぼろぼろ涙こぼす要素は別になかったでしょ。あんた思った以上に変わり者ね」

「お子ちゃまにはわからないのよ！　放っておいて！」

さらにくるみ、相ヶ江《あいがえ》さん、霧夢《きりゆめ》からも掘り返され、顔を真《ま》っ赤《か》にして攻撃的になる希美。

……きっと何か、感じてくれる部分があったのだろう。

最大級の賛辞だと、僕には思えた。

「みんなどんどん成長していきやがるなあ。桜花だって、これでもウチ来たときは小生意気なガキンチョだったんだけどな」

「うるさいマスター。悪かったわね、小生意気なガキンチョで」

しみじみと語る正義さんに桜花が頬《ほお》を引きつらせる。あちこちで衝突《しょうとつ》が勃発中《ぼっぱつちゅう》だ。

でも、きっと。僕じゃなくても。

この輪の中に入って、『温かさ』を感じない人なんていないだろう。

「終わっちゃうと、やっぱり寂しい気持ちもするね」

「そうだね。……でも、響《きょう》」

「ん？」

「ありがとう。参加する気、なかったのに。響のおかげで忘れられない思い出になった」

「……それは、僕も同じだよ。桜花がいなかったら、学園祭なんて、ずっと縁遠いままだった」

引きこもりだったからとか、そういう意味じゃない。

自分以外の、大切なものがなければ生まれない情熱があることに、桜花《さくら》のおかげではっきりと認識できた気がする。

眼《め》の前の、ぎこちなく手を取り合って踊る男女が、どこかまぶしい。

「ねえ、桜花」

目を細めていると、僕の隣《となり》で希美《のぞみ》がそっと桜花に耳打ちした。

「んー？　何？」

「……踊ってきても、良《い》いのよ？　響《きょう》と。希美は怒らないし、文句言いそうなお子ちゃまたちは希美がなんとかして止めてあげる」

たぶん、内緒話だったのだろう。聞こえてしまったけれど。

どうあれ、僕が反応すべき場面ではあるまい。努めて平静を装《よそお》う。

「おませさんだね～」

「むぐ。ちょっと、やめてよ」

桜花がおもむろに、希美の両頬《りょうほほ》をぎゅっとつまんだ。

「……ありがと。でも、いいの。このままで。……こういう時間が、すごく好きなの」

かと思えばその両手をゆっくり下ろし、桜花は希美の肩をそっと抱《だ》きながら、子どもたちの後ろ姿に慈愛《じあい》の籠《こ》もった瞳《ひとみ》を向けた。

「残念じゃない方が良い？」

「……………別に、良いわ。残念でも。桜花が、希美たちのお姉ちゃんなのは、何があっても変わらないもの。何があっても、ずっとね」

既《すで》に二人の声は、内緒話と呼べるボリュームではなくなっている。

でも、やっぱり僕が何か言葉を挟《はさ》む時じゃない気がしたから。

ただ黙って、みんなと一緒に、この祭りの余韻《よいん》にそっと身を委《ゆだ》ねた。

「残念美人」

エピローグ

尾《お》城《ぎ》小《こ》梅《うめ》

【誕生日】7/7　【血液型】AB

【学校】城見台《しろみだい》小学校　5年2組

【もしも告白する（される）としたら……】
いろいろドラマティックに演出したい
ところだけど、小姑がジャマするから
隙あらばいつでもって感じかしら

Here comes the three angels
天使の3P!
スリーピース

学園祭の翌日、興奮冷めやらぬ代休日。非日常感は色濃く残っていたものの、僕と桜花《さくら》以外にとってはただの平日なので、いつも通りの時間にリヤン・ド・ファミュの練習を開始した。

「――お邪魔《じゃま》するわよ！」

そして、五分もしないうちにまた霧夢《きりゆめ》が単身で乗り込んでくる。

確認するまでもなく奥襟《おくえり》を摑《つか》んで、外へ。さすが霧夢、軽い。僕でもこんな猫《ねこ》みたいな運び方が可能だなんて。

「ちょ、こらひびき⁉　なにしてんのよ！」

「毎度申し訳ないけど、練習終わるまで待っててね」

もう慣れたもので、大して感情も動かさず笑顔のままで処理。ようやく少しずつ、監督者《かんとくしゃ》としての責務を果たせるようになってきたかも。

「待てないわ、今日《きょう》は！　こいつらに力の違いを見せつけるため、あのデモを持ってきたんだから！」

「…………ん」

ドアに到達しかけたところで、つい足を止めてしまった。それって、つまり。

「待って、響《きょう》。……ちびっ子の言うデモって」

「もしかして、応募用の」

「どらごんなっつの、うた？」

察しがついたらしく、かわりばんこで尋《たず》ねる三人。

「うん、たぶん。実は学園祭直前に、仮録音してみたんだ」

練習室内の雰囲気《ふんいき》が変わったのを察知し、そっと霧夢を床に下ろす。

「ふふん、そういうこと。いーの？　聴《き》いてみなくて。まあ聴かない方が応募は楽かもね、絶望しちゃったらやる気もガタ落ちでしょ」

ここぞとばかりに中心へと躍り出て、盛大に胸を反り返らせる霧夢。

「わにゃ、響さん……」

「みんなの気持ちに任せるよ。聴いてみたければ、少し練習を遅らせよう」

と、委任してみたけど。表情を見れば答えは既《すで》に明らかだった。

「聴かせて、響」

「はむ。わたしたちも、きになる」

「わかった。じゃあこの場で流そう」

思った通りの反応に頷《うなず》き、ミキサーに霧夢の持ってきたプレーヤーを繋《つな》ぐ。

「ふふん、先にトイレ行っておきなさい。でないとちびるから」

相変わらずの自信を、全方位にばらまく霧夢。

でもこのときは、それが過剰《かじょう》なものだなんて僅《わず》かたりとも思わなかった。

「…………」

「…………」

「…………」

再生中、三人は終始無言。ぽかんと口を開き、瞬《まばた》きも忘れて一点だけを見つめ続けている。

「どうだった？　んー、どうだった？」

曲が終わるや、ニヤニヤとみんなに顔を寄せ、上機嫌に訊《き》いて回る霧夢《きりゆめ》。

僕はどちらの味方とも言えない状況だけれども、曲を聴《き》いてぶりかえす感想は一つ。

Dragon≠Nutsは、本当になんてものを組み上げてしまったんだ。

「ふふふ、かっこいいでしょ？」

「はむ。かっこいい」

「ノリノリでしょ？」

「わにゃ、ノリノリです……」

「もう勝てっこないって思った――」

「響《きょう》！　練習よ！」

「――へわっ⁉」

　そら、潤《じゅん》、と順番に肩を叩《たた》きながら自信満々に窺《うかが》った霧夢が、三人目の許《もと》へ行き、勝利宣言をしかけた瞬間《しゅんかん》、希美《のぞみ》は勢いよく立ち上がって霧夢の手をするりと躱《かわ》す。

「あの曲、やっぱり完成させましょう！　やっぱり希美たちにもイキオイが必要だわ！」

　──あの曲。希美が断片的に作り上げたリフ主体の楽曲のことで間違いない。繋《つな》ぎの部分のアイデアがなかなか降りてこなくて、焦《あせ》らずじっくり仕上げようかと意見がまとまりかけていたものの。

　間違いなく、あれは完成すればリヤン・ド・ファミユにとって最強の『ノリ曲』となる。

「そ、そうだねぞみっ！　小梅《こうめ》ちゃんたちの曲を聴いたら、ますます完成させたくなっちゃったよっ」

「はむ。でかしてから、『スタートライン！』とどっちを送るかきめる」

　期日まで、一週間あまり。間に合うかどうかは断定的になれない。

　でも、きっとみんなでなら、とっておきのアイデアを見つけて、ひとつなぎの歌を導いてくれる予感がある。

「よし、やろう。改めて僕も全力でサポートする」

「希美も燃えてきたわ。さあ、そうと決まれば……」

「……え。ちょ、こら⁉」

　頷《うなず》き合い、希美を中心に三人は霧夢を取り押さえ、部屋の外に誘導する。

『〜〜〜〜〜〜〜〜〜〜〜〜〜〜っ！』

そしてまた、アンプのついたてで出入り口を封鎖。

防音扉をガンガン叩《たた》いて抗議する霧夢《きりゆめ》に、僕からもお詫《わ》びを告げつつ、でも迷いは見せない。

よし、締め切りまで残された数日。どちらのバンドにも悔《く》いが残らぬよう、応募用データ作成に心血を注ぐぞ。息をつくのはその後だ。

——そして十一月になったら、すぐにまた桜花《さくら》と海に行こう。

今度は、釣《つ》り竿《ざお》も持って。

あとがき

以前はあとがき書くの得意なつもりでいたんですけど、ここ最近とにかく筆の進みが悪くて困っております。

此度《このたび》もなかなかネタが出てこず、はて前はなにを書いたんだっけと四巻を読み直してみましたが……なんか、暗い（笑）！

いや、書いてるときはそんなつもりじゃなかったんですよ。記憶《きおく》が確かなら。

ニュートラルな気持ちでさらっと仕上げた文章でも、ああいう内容だと意図せず深刻さが滲《にじ》んでしまうのかもしれませんね。もしご心配をかけていたら申し訳ありませんでした。

かといってアレをスーパーハイテンションな文面で記したらそれはそれで精神が壊れかけているのではと危惧《きぐ》されそうで、悩ましいものです。

難しいですよね、文章。お仕事として携《たずさ》われば携わるほど、その取り扱いに悩むことが多くなってきたように思います。だからあとがきもおいそれと行を埋められなくなってしまったのかも。

でも、難しいからこそ。伝えたい人になんとか想《おも》いが伝わるよう一生懸命書き上げたモノにだけ『心』がこもるのかなあという感覚も、最近になってようやく得られた『気付き』かもしれません。

書きたい、という欲求が有《あ》るかぎり、苦悶《くもん》しつつもがんばって進んでいくしかないのでしょう。じりじりと、諦《あきら》め悪く。

……また今回のも読み返すと暗さで泡を吹きそうな予感が。大丈夫《だいじょうぶ》です、元気です！

なぜこんな話をしたかと申しますと、今巻の内容がまさにそういう『わからない難しさから、逃げずにがんばる』というテーマだったからです。

まあずいぶんと歩みの遅い子たちですが、僕自身このエピソードを書き上げてますます物語の登場人物たちが好きになりました。

もしよければ、今後とも一緒に見守って下さると嬉《うれ》しいです。

話変わりまして。実は少し前から、作中に登場させた自作曲をボカロバージョンとしてネットにアップロードしております。今巻の登場曲も発売に合わせ公開するつもりでおりますので、もしよろしければ私のホームページにアクセスしてみて下さいませ。

URL：http://sagaoyama.com/（または『蒼山《あおやま》サグ』で検索）

それでは、また。次は『ロウきゅーぶ！』を書く予定です。

二〇一五年吉日　蒼山サグ

◉蒼山サグ著作リスト

「ロウきゅーぶ！」（電撃文庫）

「ロウきゅーぶ！②」（同）
「ロウきゅーぶ！③」（同）
「ロウきゅーぶ！④」（同）
「ロウきゅーぶ！⑤」（同）
「ロウきゅーぶ！⑥」（同）
「ロウきゅーぶ！⑦」（同）
「ロウきゅーぶ！⑧」（同）
「ロウきゅーぶ！⑨」（同）
「ロウきゅーぶ！⑩」（同）
「ロウきゅーぶ！⑪」（同）
「ロウきゅーぶ！⑫」（同）
「ロウきゅーぶ！⑬」（同）
「ロウきゅーぶ！⑭」（同）
「天使の3P《スリーピース》！」（同）
「天使の3P《スリーピース》！×2」（同）
「天使の3P《スリーピース》！×3」（同）
「天使の3P《スリーピース》！×4」（同）
「天使の3P《スリーピース》！×5」（同）

本書に対するご意見、ご感想をお寄せください。

電撃文庫公式ホームページ 読者アンケートフォーム
http://dengekibunko.dengeki.com/
※メニューの「読者アンケート」よりお進みください。

ファンレターあて先
〒 102-8584　東京都千代田区富士見 1-8-19
アスキー・メディアワークス電撃文庫編集部
「蒼山サグ先生」係
「てぃんくる先生」係

本書は書き下ろしです。

電撃文庫

天使《てんし》の3P《スリーピース》！×5

蒼山《あおやま》サグ

発　行　　2015年2月10日　初版発行

発行者　塚田正晃
発行所　株式会社KADOKAWA
〒102-8177　東京都千代田区富士見2-13-3
プロデュース　アスキー・メディアワークス
〒102-8584　東京都千代田区富士見1-8-19
03-5216-8399（編集）
03-3238-1854（営業）
装丁者　荻窪裕司（META＋MANIERA）
印刷・製本　旭印刷株式会社

ISBN978-4-04-869257-1　C0193　Printed in Japan

電撃文庫　http://dengekibunko.dengeki.com/
株式会社 KADOKAWA　http://www.kadokawa.co.jp/

電撃文庫創刊に際して

文庫は、我が国にとどまらず、世界の書籍の流れのなかで〝小さな巨人〟としての地位を築いてきた。古今東西の名著を、廉価で手に入りやすい形で提供してきたからこそ、人は文庫を自分の師として、また青春の想い出として、語りついできたのである。

その源を、文化的にはドイツのレクラム文庫に求めるにせよ、規模の上でイギリスのペンギンブックスに求めるにせよ、いま文庫は知識人の層の多様化に従って、ますますその意義を大きくしていると言ってよい。

文庫出版の意味するものは、激動の現代のみならず将来にわたって、大きくなることはあっても、小さくなることはないだろう。

「電撃文庫」は、そのように多様化した対象に応え、歴史に耐えうる作品を収録するのはもちろん、新しい世紀を迎えるにあたって、既成の枠をこえる新鮮で強烈なアイ・オープナーたりたい。

その特異さ故に、この存在は、かつて文庫がはじめて出版世界に登場したときと、同じ戸惑いを読書人に与えるかもしれない。

しかし、〈Changing Times,Changing Publishing〉時代は変わって、出版も変わる。時を重ねるなかで、精神の糧として、心の一隅を占めるものとして、次なる文化の担い手の若者たちに確かな評価を得られると信じて、ここに「電撃文庫」を出版する。

1993年6月10日
角川歴彦

電撃文庫

天使の3P《スリーピース》！

蒼山サグ
イラスト／てぃんくる

過去のトラウマから不登校気味の貫井響は、密かに歌唱ソフトで曲を制作するのが趣味だった。そんな彼にメールしてきたのは、三人の個性的な小学生で——!?

あ-28-11　2347

天使の3P《スリーピース》！×2

蒼山サグ
イラスト／てぃんくる

とある事情によりキャンプで動画を撮ることになった『リトルウイング』の五年生三人娘。なぜか響も一緒にお泊まりすることになり、何かが起きないわけがない!?

あ-28-15　2626

天使の3P《スリーピース》！×3

蒼山サグ
イラスト／てぃんくる

小学生三人娘と迎える初めての夏休み。響たちの許に届いたのは島おこしイベントの出演依頼だった。海遊びに興味津々な三人だが、依頼先に待っていたのは——!?

あ-28-17　2750

天使の3P《スリーピース》！×4

蒼山サグ
イラスト／てぃんくる

小学生たちと過ごす夏休みは終わらない！島から来た女の子とのデート疑惑により、三人とも強要される響。まずは自由研究の課題探しも兼ねて潤とデートするのだが——!?

あ-28-18　2822

天使の3P《スリーピース》！×5

蒼山サグ
イラスト／てぃんくる

「あたしにもまだチャンスあるかな……」思わずこぼれた一言で少しお互いを意識し始めた響と桜花。そんな中、潤たちもさらなる成長を目指し動き始めたが——。

あ-28-19　2891

電撃文庫

ロウきゅーぶ！

蒼山サグ
イラスト／てぃんくる

ロリコン疑惑で部活を失ったのに、なぜか気づけば小学校女子バスケ部コーチに!?少女たちに翻弄されるも昴はついに――。第15回電撃小説大賞〈銀賞〉受賞作！

あ-28-1　1719

ロウきゅーぶ！②

蒼山サグ
イラスト／てぃんくる

少女たち五人のさらなる成長を目指し、小学校内で合宿を行うことになった昴。解決しなくちゃいけない問題は山積み、色々な意味での問題も山積みで――!?

あ-28-2　1774

ロウきゅーぶ！③

蒼山サグ
イラスト／てぃんくる

プール開き目前な本格的な夏到来。泳げない愛莉のため＆センターとしての精神的成長を促すためにも昴は文字通り一肌脱ぐのだが、そこに忍び寄る女の影が――!?

あ-28-3　1840

ロウきゅーぶ！④

蒼山サグ
イラスト／てぃんくる

初となる他校の女子バスケ部との試合にわくわくの智花たち。だが、着いた先の強豪校からの扱いはひどく、野外キャンプな上、大事な秘密までバラされて――!?

あ-28-4　1897

ロウきゅーぶ！⑤

蒼山サグ
イラスト／てぃんくる

夏といえば海。海といえば水着。真帆の別荘で行われる強化合宿は、夏休みということで智花たちバスケ部もやる気満々なのだが、一人ひなたが落ち込み気味で――。

あ-28-5　1958

電撃文庫

ロウきゅーぶ！⑥
蒼山サグ
イラスト／てぃんくる

みんなと楽しみたくて智花が誘った花火大会。女バスの面々も浴衣でにこにこから一転、波乱づくめの夏祭りへと――。話題のエピソードも収録した短編集登場！

あ-28-6 2021

ロウきゅーぶ！⑦
蒼山サグ
イラスト／てぃんくる

夏休みもそろそろ終盤。最後の想い出に同好会との合同試合を目論む昴たちだが、愛莉の兄妹の仲違いや過去の因縁との勝負など、すんなり進むはずもなくて――。

あ-28-7 2081

ロウきゅーぶ！⑧
蒼山サグ
イラスト／てぃんくる

二学期が始まり、近づいてくるのは智花の誕生日。智花への日頃の感謝も込めて抱える想いを伝えようとする昴なのだが、新学期ゆえか立ちはだかる壁も盛りだくさんで――。

あ-28-8 2153

ロウきゅーぶ！⑨
蒼山サグ
イラスト／てぃんくる

慧心女バスの少女たちも楽しみにしていた修学旅行！　京都に向かう皆を送る昴……のはずが、なぜか商店街で当たったくじ引きで葵と二人で京都へ行くことに――!?

あ-28-9 2206

ロウきゅーぶ！⑩
蒼山サグ
イラスト／てぃんくる

真帆と紗季の誕生日パーティ、ヌシとの騒動、みんなで遊園地、真帆主催のホラーハウス、宿題が終わらない最終日など、５人の夏休みがいっぱい詰まった短編集！

あ-28-10 2279

慧心女バスの魅力を
全て詰めこんだ一冊が、
ついに登場！
原作、アニメ、ゲーム、コミックの見所はもちろん、
様々な視点から小学生たちを丸裸に――!?
「ぐらびあRO-KYU-BU!」や「びじゅあるロウきゅーぶ!特別編」、
スタッフインタビューなど、充実の内容でお届け!!
さらに、描き下ろしビジュアルノベル&コミックも掲載!
ファン必見の特集が満載の全て本、大好評発売中!!
RO-KYU-BU!
ロウきゅーぶ!
のすべて!!
電撃文庫編集部 編
B5判／192ページ
電撃の単行本

『ロウきゅーぶ!』公式ビジュアルブックが大好評発売中!!
電撃萌王にて掲載された大人気連載がついに1冊に！
蒼山サグ×ていんくるによるかきおろしも収録!!
慧心女バスメンバーが綴るちょっとえっちなエピソードが
まるっと楽しめちゃいます！
びじゅある ロウきゅーぶ！
著／蒼山サグ　イラスト／ていんくる
B5判／128ページ
小さな蕾たちに襲いかかる
肌色率高めの試練!?
電撃の単行本